诗词华章

唐宋明朝诗人咏四川

刘开扬 注释

四川人民出版社

图书在版编目（CIP）数据

诗词若干首：唐宋明朝诗人咏四川 /刘开扬注释.
—成都：四川人民出版社，2018.5（2018.6 重印）
ISBN 978-7-220-10761-0

Ⅰ.①诗… Ⅱ.①刘… Ⅲ.①古典诗歌—诗集—中国
—唐代—明代Ⅳ.①I222.74

中国版本图书馆 CIP 数据核字（2018）第 070125 号

SHI CI RUO GAN SHOU
诗 词 若 干 首

刘开扬　注释

出 品 人	黄立新
责任编辑	石 云　冯 珺
封面设计	张 妮
内文设计	戴雨虹
责任校对	涂怡媛　申婷婷
责任印制	许 茜
出版发行	四川人民出版社（成都市槐树街 2 号）
网 址	http://www.scpph.com
E-mail	scrmcbs@sina.com
新浪微博	@四川人民出版社
微信公众号	四川人民出版社
发行部业务电话	(028) 86259624　86259453
防盗版举报电话	(028) 86259624
照 排	四川胜翔数码印务设计有限公司
印 刷	成都国图广告印务有限公司
成品尺寸	146mm×208mm
印 张	7.5
字 数	122 千
版 次	2018 年 5 月第 1 版
印 次	2018 年 6 月第 2 次印刷
书 号	ISBN 978-7-220-10761-0
定 价	38.00 元

出版说明

    1958 年，成都会议期间，毛主席圈阅了唐宋明朝诗人歌咏四川的一些诗词。这对于我们今天学习和研究古典诗词，科学地继承遗产，打开古代的艺术宝库，取其精华，发展和繁荣社会主义文艺事业，开一代百花齐放的诗风，是非常之有价值的。为了便于广大读者的学习，我们请刘开扬同志作了注释。

1979 年 1 月 8 日

再版说明

　　《诗词若干首——唐宋明朝诗人咏四川》由我社于1979年公开出版，发行36万册，流传甚广，反响良好。此次再版，内容方面除修改了原书中的个别文字差错外，其他均保持原貌。

　　习近平总书记在中国共产党第十九次全国代表大会上的报告中指出："深入挖掘中华优秀传统文化蕴含的思想观念、人文精神、道德规范，结合时代要求继承创新，让中华文化展现出永久魅力和时代风采。"希望本书的再版，能够激发广大读者探索中华传统文化宝库的热情，品味巴蜀诗韵，感受经典之美。

2018 年 4 月

目录

明朝人写的有关四川的一些诗

诗词若干首

（唐宋人写的有关的山水一些诗和词）

毛主席手书

1958 年 4 月 20 日

蜀道难

李白

噫吁嚱，危乎高哉！蜀道之难难于上青天！

蚕丛及鱼凫，开国何茫然！

尔来四万八千岁，不与秦塞通人烟。

西当太白有鸟道，可以横绝峨眉巅。

地崩山摧壮士死，然后天梯石栈相钩连。

上有六龙回日之高标，下有冲波逆折之回川。

黄鹤之飞尚不得过，猿猱欲度愁攀援。

青泥何盘盘，百步九折萦岩峦。

扪参历井仰胁息，以手抚膺坐长叹！

问君西游何时还？畏途巉岩不可攀。

但见悲鸟号古木，雄飞雌从绕林间。

又闻子规啼夜月，愁空山！

蜀道之难，难于上青天，使人听此凋朱颜！

连峰去天不盈尺，枯松倒挂倚绝壁。

飞湍瀑流争喧豗，砯崖转石万壑雷。

其险也如此，嗟尔远道之人胡为乎来哉？

剑阁峥嵘而崔嵬，一夫当关，万夫莫开。

所守或匪亲，化为狼与豺。

朝避猛虎，夕避长蛇；

磨牙吮血，杀人如麻。

锦城虽云乐，不如早还家。

蜀道之难，难于上青天，侧身西望长咨嗟！

‖ 作者简介 ‖

李白，字太白，我国唐代伟大的浪漫主义诗人，号青莲居士。自称祖籍陇西成纪（今甘肃静宁西南），隋末其先人流寓碎叶（唐时属安西都护府，在今吉尔吉斯斯坦北部托克马克附近）。生于唐武后长安元年（701 年），幼年随父亲迁到四川彰明县清廉乡（今名青莲镇，属江油市），在县西的大小匡山读过书（大匡山又叫戴天山）。后来到了成都。开元十三年（725 年），东游襄汉（今湖北）、金陵（今南京）、扬州等地。又北游太原、东鲁（今山东），南到会稽（今浙江绍兴）。天宝元、二年（742、743 年）间到长安，以所作《蜀道难》等诗呈老诗人贺知章（时为秘书监），贺读后很是赞赏，称他为"谪仙"。玄宗召见命他作乐章，很重他的诗才。因为得罪于宦官高力士和杨贵妃，二人进谗言于玄宗，赐金放还。他便再游东鲁、广陵（即扬州）、宣城。至德元年（756 年），永王璘都督江陵，辟为僚佐，璘起兵失败，李白长流夜郎（今贵州桐梓东），至巫山遇赦得还。唐代宗宝应元年（762 年）病故于当涂。唐文宗以李白诗歌、裴旻舞剑、张旭草书为"三绝"。今存诗歌 1044 首（有些诗系他人诗误入），其中有不少关于四川的诗。

‖ 题 解 ‖

蜀道难，乐府相和歌辞瑟调曲名，写蜀道铜梁、玉垒之险，说蜀地不可久留，梁简文帝、刘孝威都曾作过。李白这首《蜀道难》也是拟作，描写由长安到四川道路的难行，劝人不要久居四川。也有反对藩镇割据的意思。作于天宝元、二年间。

‖ 注 释 ‖

〔噫吁嚱〕噫音衣，嚱音希，蜀人见物惊异即说"噫吁嚱"，李白用这方言。

〔蚕丛及鱼凫〕蜀王之先名蚕丛、柏濩、鱼凫、蒲泽、开明。这里用蚕丛、鱼凫称蜀国最古的君王。

〔茫然〕其时不晓文字，渺茫难知其详。

〔尔来四万八千岁〕尔来，此来。从这时到如今。据《蜀王本纪》：从开明上至蚕丛，积三万四千岁。这里说的四万八千岁，通计蚕丛到唐朝，极言年代久远。

〔秦塞〕秦四塞之国，秦地在今陕西省。

〔西当太白有鸟道〕太白山在陕西郿县（今改名眉县）东南五十里。当唐朝都城长安（今西安市）之西。鸟道，说高山相连，略低缺处只有飞鸟经过，人迹不能到。

〔**峨眉**〕西南名山，在今四川省峨眉山市。

〔**地崩山摧壮士死二句**〕传说秦惠王嫁五个美女给蜀王，蜀王派遣五个力士去迎亲，回到梓潼时，见一条大蛇入洞，一人拉住蛇尾，五人相助，大呼外拽，山崩，五个力士和五女都被压死，山分为五岭，然后才修起梯栈，互相钩连。天梯，指高峻的石磴；石栈，山崖间架木为阁道。

〔**六龙回日之高标**〕传说日乘车，六龙驾着，羲和为御（驾车人）。高标，峰巅。这句说日车来到山巅也只好折回，形容山高。

〔**冲波逆折之回川**〕河流旋转，水势很急。

〔**黄鹤**〕也叫黄鹄，大鸟，一举千里，传说为仙人所乘。

〔**猿猱欲度愁攀援**〕猱，也名狨，猿类。体矮小，被黄色丝状软毛，尾长，俗称金线狨。度，越过。攀援，牵引上升。

〔**青泥何盘盘二句**〕青泥岭，在今陕西略阳县西北。为入蜀要道。盘盘，曲折。百步九折，形容道路迂回难行。萦，旋绕。峦，山峦。

〔**扪参历井仰胁息**〕参，音森。参、井，二星宿名。参是蜀的分野，井是秦的分野。这句形容山高，在上面可以摸着参宿、挨着井宿。胁息，屏住气息。

〔**以手抚膺坐长叹**〕抚膺，抚胸。叹，叹息，音滩。

〔**西游**〕蜀在秦的西南，所以叫西游。

〔**畏途巉岩**〕畏途，可畏惧的险阻的道途。巉岩，高峻的山岩。

〔**但见悲鸟号古木**〕但见，只见，说别无所有。悲鸟，当指鸿雁之类。用古木衬出人迹稀少。

〔**子规啼夜月**〕传说蜀王杜宇称帝，号为望帝，更名蒲卑。其相开明，治水有功，便委以政事，后杜宇禅位隐于西山，化为杜鹃鸟，也叫子规，到春二月啼鸣，臣民思念他，闻声常常感到悲恻。按子规鸟春夏昼夜啼鸣，声似"不如归去"，很哀切。

〔**连峰去天不盈尺**〕连绵的山峰距天不满一尺，极言其高，与上面的"扪参历井"意同，上面写行人，这里写山岩。

〔**飞湍瀑流争喧豗**〕湍，急流。瀑，悬流，瀑布。湍音团，瀑音仆。喧豗，哄闹声。豗音灰。

〔**砯崖转石万壑雷**〕砯，水击岩石声，音烹。壑，坑谷，音活。万壑雷，形容声音很大。

〔胡为〕何为，为什么。

〔**剑阁峥嵘而崔嵬**〕在今四川剑阁县北，大小剑山之间，栈道三十里，凿石架空为飞阁以通行，名为剑阁。据《华阳国志》说始于诸葛亮相蜀时。峥嵘，山高峻的样子。崔嵬，山石高而不平。嵬音煨。

〔**一夫当关四句**〕晋朝张载的《剑阁铭》说："一人荷戟，万夫趑趄，形胜之地，匪亲勿居。"李白用其语而加以变化。匪亲，不是亲近的人，不是拥护朝廷的人。狼与豺，指割据谋叛的人。

〔**朝避猛虎四句**〕魏晋乐府常用"猛虎"等形容道路难行和政治昏暗，李白写这四句也在于说蜀道难行，对藩镇跋扈表现很大的忧心。

〔**锦城虽云乐**〕故锦官城在蜀郡夷里桥南岸道西，因泛称成都为"锦城"。这是蜀中的首善之区。云，说。

〔**侧身西望长咨嗟**〕侧，不正，有反侧，忧不自安的意思。咨嗟，忧叹声。

峨眉山月歌

李白

峨眉山月半轮秋，

影入平羌江水流。

夜发清溪向三峡，

思君不见下渝州。

|| 题　解 |

　　这首绝句所以称歌，是因为绝句也从乐府民歌中来。这首诗大约作于开元十二年（724 年），第二年李白就出夔门到江陵去了。这首诗是借峨眉山月写离别怀人。

|| 注　释 |

　　〔平羌江〕即青衣江，自宝兴经芦山、雅安、洪雅、夹江，到乐山与大渡河合流入岷江。本诗所指当在乐山西北、峨眉县东一段。

　　〔夜发清溪向三峡〕清溪，应在平羌江边，过去说是犍为清溪驿，或说在纳溪县西，都不可靠。三峡，指明月峡、巫山峡、广溪峡（即瞿塘峡）。一说为瞿塘峡、巫峡、西陵峡。

　　〔渝州〕（今重庆市）为唐朝渝州治所。

峨眉山月歌送蜀僧晏入中京

李白

我在巴东三峡时，西看明月忆峨眉。

月出峨眉照沧海，与人万里长相随。

黄鹤楼前月华白，此中忽见峨眉客。

峨眉山月还送君，风吹西到长安陌。

长安大道横九天，峨眉山月照秦川。

黄金狮子乘高座，白玉麈尾谈重玄。

我似浮云滞吴越，君逢圣主游丹阙。

一振高名满帝都，归时还弄峨眉月。

‖ 题 解 ‖

蜀僧名晏。中京指长安，唐肃宗至德二年（757 年）十二月改西京长安为中京。这诗大约是李白因永王璘事流放夜郎遇赦归至江夏时作，即乾元二年（759 年），时李白为 59 岁。这是一首送别诗歌，表现出诗人遭流放后的失意心情。

‖ 注 释 ‖

〔巴东〕唐高祖武德二年（619 年）分夔州秭归、巴东二县置归州，后为巴东郡。

〔三峡〕见前首注。

〔**西看明月忆峨眉**〕三峡在川东，对峨眉山月说"西看"。看音刊，读平声。

〔沧海〕沧通苍，海青色，所以叫沧海。

〔**黄鹤楼前月华白**〕黄鹤楼在湖北武昌西，传说费祎登仙，常乘黄鹤在这里憩息。月华，月光。

〔长安陌〕长安的市街。陌音墨。

〔**长安大道横九天**〕唐代长安城内有东西街 14 条，南北街 11 条，朱雀门大街纵贯南北，约有 140 米宽。李白

《上皇西巡南京歌十首》之二："九天开出一成都，万户千门入画图。"九天，本谓九方之天，这里指京城或宫禁。

〔秦川〕从大散关（周朝散国之关隘，今宝鸡市南大散岭）以北到岐雍（今陕西境内），夹渭水南北岸，沃野千里，叫作秦川。

〔黄金狮子乘高座〕据《法苑珠林》："龟兹王造金狮子座，以大秦锦褥铺之，令鸠摩罗什升座说法。"因狮子兽中无畏，能伏一切，佛于外道一切也能降伏，故称人中狮子。凡佛所坐不论床地都叫狮子座。乘，升。

〔白玉麈尾谈重玄〕麈，音主，即驼鹿，又叫四不像。麈尾作拂尘之用。白玉用作柄。重玄，即《道德经》的"玄之又玄，众妙之门"，佛家常借用道家之说来张大自己的教义。

〔我似浮云滞吴越〕浮云飘忽不定，李白流放前长期在吴越（今江苏、浙江），这时在江夏也这样说。

〔君逢圣主游丹阙〕"君"称僧晏。"圣主"这里指唐肃宗。皇帝的阶上地用丹漆，称为丹墀；宫阙也称丹阙。

〔帝都〕指长安。

〔还弄峨眉月〕还对峨眉山月游赏。

上三峡

李白

巫山夹青天，

巴水流若兹。

巴水忽可尽，

青天无到时。

三朝上黄牛，

三暮行太迟。

三朝又三暮，

不觉鬓成丝。

‖ 题 解 ‖

李白于乾元元年（758 年）被流放，乾元二年（759 年）二月到巫山，遇赦得释，这首诗是二月前所作，表现诗人的忧郁感情。由湖北入三峡是上水，古代用木船，行驶艰难。

‖ 注 释 ‖

〔三峡〕指长江之瞿塘峡、巫峡和西陵峡。

〔巫山夹青天〕巫山山高，有十二峰，又三峡七百里中，两岸连山，所以说"夹青天"。

〔巴水流若兹〕巴水，这里说的是三巴（巴郡、巴东、巴西）之水流经三峡。一说因为水流曲折如巴字，所以叫巴水。若兹，如此，说水流也险急。

〔三朝上黄牛二句〕黄牛，山名，在湖北宜昌西北八十里，也称黄牛峡。江水流经黄牛山下，有滩名黄牛滩，南岸山岭重叠，最外高崖间，有石色如人负刀牵牛，人黑牛黄，成就分明。此崖既高，加以江湍迂回，行船虽两宿后仍见，所以古代行旅的人歌道："朝发黄牛，暮宿黄牛，三朝三暮，黄牛如故。"

〔**鬓成丝**〕耳边的发叫鬓。丝，白色。说道路难行，使人忧心鬓发变白。鬓，音摈。

早发白帝城

李白

朝辞白帝彩云间，

千里江陵一日还。

两岸猿声啼不住，

轻舟已过万重山。

‖ 题 解 ‖

这首诗一作《白帝下江陵》。按：李白由白帝城到江陵，是在开元十三年（725 年）。乾元二年（759 年）只到巫山，从这诗的谨守格律，又没有提到遇赦事，也应是初出夔门时作。黄锡珪《李太白编年诗集目录》定于乾元二年三月，似乎不当。这首诗表现了诗人在三峡行舟的轻快之感。

‖ 注 释 ‖

〔**朝辞白帝彩云间**〕白帝城，西汉末公孙述所筑。当初他到这里，说有白龙出井中，自以承汉土运，故号白帝城。白帝城在白帝山上，地势很高，所以说是"彩云间"。也有人说"彩云"指巫山之云，巫山和奉节县二地相近。

〔**千里江陵一日还**〕从夔州白帝城到江陵一千二百里，峡水流急，有时朝发暮至。

〔**两岸猿声啼不住**〕《水经注》：三峡峡长七百里（近代实测一百八十九公里）中，两岸连山，高猿长啸，空谷传响，渔人歌道："巴东三峡巫峡长，猿鸣三声泪沾裳。"啼不住，表现峡长，故下面说"已过万重山"。

送友人入蜀

李白

见说蚕丛路，

崎岖不易行。

山从人面起，

云傍马头生。

芳树笼秦栈，

春流绕蜀城。

升沉应已定，

不必问君平。

‖ 题　解 ‖

　　这首诗和《蜀道难》内容相近，写作时间或者都在天宝元、二年间。又李白有《剑阁赋》，原注："送友人王炎入蜀。"不知这诗所送的友人是否王炎其人。这友人入蜀当是谋取功名。

‖ 注　释 ‖

　　〔见说蚕丛路〕"蚕丛"见前《蜀道难》诗注。见说，闻说。

　　〔山从人面起二句〕极说蜀道艰难，山从人面陡起，见山之多，云傍马头而生，见山之高，万一失足，非常危险。

　　〔芳树笼秦栈〕芳树，春树。秦栈，自秦入蜀的栈道。这句点明作诗的地方是在长安。一说秦时所筑栈道。

　　〔春流绕蜀城〕春流指锦江。蜀城指成都。祝友人出险入夷，到达目的地。

　　〔升沉应已定二句〕升沉，穷达，指功名进退。应已定，说人的遇合本有定数。应，当。读平声（鹰）。西汉严遵字君平，蜀隐士，常卖卜于成都市，日得百钱为生，卜完，闭肆下帘著书。不必问君平，是反其意而用之，表现诗人的旷放。

剑 门

杜甫

惟天有设险，剑门天下壮。

连山抱西南，石角皆北向。

两岸崇墉倚，刻画城郭状。

一夫怒临关，百万未可傍。

（川岳储精英，天府兴宝藏）。

珠玉走中原，岷峨气凄怆。

三皇五帝前，鸡犬各相放。

后王尚柔远，职贡道已丧。

至今英雄人，高视见霸王。

并吞与割据，极力不相让。

吾将罪真宰，意欲铲叠嶂。

恐此复偶然，临风默惆怅。

‖ 作者简介 ‖

　　杜甫，字子美，我国唐代伟大的现实主义诗人。唐玄宗先天元年（712年），生于洛州巩县（今河南巩县）。祖父杜审言，是著名的诗人，长于律诗，杜甫受到他的影响。开元十九年（731年）杜甫20岁时远游吴越（今江苏和浙江），又到过蒲州猗氏县（郇瑕，在今山西临猗南），去观赏祖国的大好河山，访问著名的古迹。开元二十三年（735年）到长安应试未中第。开元二十五年（737年）又北游齐赵（今山东、河北）。开元二十九年（741年）回到洛阳，在偃师西北首阳山下筑陆浑庄土室。天宝三年（744年）李白从长安到洛阳，和杜甫会了面，从此两人成为好友，在诗歌创作上互相学习和帮助。他们去到单父（今山东单县南）以北的汶水上，和另一个著名的诗人高适相遇。三大诗人同游单父的古迹琴台，又到大梁城（今河南开封）的吹台上去，之后还同游齐郡（今山东济南）的大明湖、鹊山湖。杜甫不久再到长安。天宝六年（747年）应试仍未中第。直到天宝十年（751年），向玄宗献《三大礼赋》。天宝十四年（755年），任为右卫率府兵曹参军。安禄山反叛，攻陷长安后，至德元年（756年）杜甫把家人送到鄜州（今

陕西富县），他自己准备到肃宗即位的灵武（今宁夏回族自
治区灵武）去，但是被敌军俘虏，并送回长安。次年夏天，
他逃到肃宗进驻的凤翔（今陕西凤翔），任为左拾遗。因为
宰相房琯被罢职，杜甫上疏营救，乾元元年（758 年）六
月，杜甫也被贬黜，到华州（今陕西华县）任司功参军。
第二年秋天，杜甫弃官到秦州，年底到成都，寓居西郊浣
花溪草堂。此后与诗人高适（先后任彭、蜀二州刺史、西
川节度使）时有往来和作诗唱酬。宝应元年（762 年）杜甫
到梓州、阆州、汉州（今四川三台、阆中、广汉县）。广德
二年（764 年），剑南节度使严武奏为节度参谋、检校工部
员外郎，永泰元年（765 年）辞去。不久严武病死，杜甫去
到云安（今四川云阳），大历元年（766 年）到了夔州（今
四川奉节）。大历三年（768 年）春到荆州（今湖北江陵），
以后再到公安（今湖北公安）、岳州（今湖南岳阳）、潭州
（今湖南长沙）、衡州（今湖南衡阳），因乱事而辗转于衡、
潭二州和耒阳（今湖南耒阳）等地。最后于大历五年（770
年）冬天病死于洞庭湖东岸的北归船只中，年 59 岁。他的
诗歌今存 1400 多首，超过前于他的我国所有的诗人。他的
诗能兼备众体，深刻反映现实，政治性很强，艺术价值也
很高，他可以和李白并驾齐驱，自来合称为"李杜"。

‖ 题　解 ‖

剑门，又叫剑门山，在四川剑阁县北，即大剑山。峭壁中断，两崖相对如门。晋朝张载《剑阁铭》说："惟蜀之门，作固作镇（说险可为固，大可为镇），是曰剑阁，壁立千仞。"杜甫这首《剑门》是五言古诗，比《剑阁铭》雄肆，寓意也较深厚。作于乾元二年十二月，由秦州到成都途中经过剑门的时候。

‖ 注　释 ‖

〔**惟天有设险二句**〕《易·坎》说天之为险高远，不可升上，地险为山川丘陵，王公也设险守国。北魏邢峦说"剑阁天险，古来所称"。杜甫兼用二说，以天设剑阁之险，来夸张地表现其地的壮观。

〔**连山抱西南二句**〕实写剑门形胜。王洙说是"剑门山石，北向如拜伏状"，王嗣奭说是"亦见地形内属，彼并吞割据者，皆违天矣"。本来是不错的。浦起龙却说二句是"曲为彼护"，"显与我敌"，为篇末"欲铲叠嶂"之根，不恰当。

〔**崇墉倚**〕墉，城垣。高墙也叫墉。倚，依靠。形容山崖壁立。

〔**刻画城郭状**〕刻画，自然如雕刻。城郭状，山势长亘像城郭。

〔**一夫怒临关二句**〕张载《剑阁铭》说："一人荷戟，万夫趦趄。"李白《蜀道难》说："一夫当关，万夫莫开。"杜甫这里增加一个"怒"字，改"万夫"为"百万"，更显得有力。傍，接近，音谤，读去声。

〔**川岳储精英二句**〕仇兆鳌《杜诗详注》说是见旧人手卷有此二句，浦起龙《读杜心解》也说"杜诗多四名转意，此段独缺两句，且得此一提，文气愈畅，仇氏非伪撰也，脱简无疑"。川岳，河山。精英，精华。天府，形胜富庶的区域，这里指四川。兴，盛。宝藏，宝贵的储藏。

〔**珠玉走中原**〕走，运至。中原，指朝廷所在的地方。这句即下面说的"职贡"。

〔**岷峨气凄怆**〕岷峨，岷山和峨眉山。气凄怆，山色悲愁。怆，读去声，音创。

〔**三皇五帝前二句**〕三皇：伏羲、神农、燧人。五帝：黄帝、颛顼、帝喾、帝尧、神舜。鸡犬相放，不分彼此。那时是原始社会。

〔**后王尚柔远**〕后王，指夏、商、周的君王。柔远，安定远方。

〔**职贡道已丧**〕职贡，设置职位和贡献，承上征珠玉说。道，指上古淳朴之道。丧，失去。

〔**英雄人**〕指下面说的"并吞与割据"的人物。

〔**见霸王**〕并吞者王，割据者霸。王音旺，读去声。

〔**吾将罪真宰**〕吾，我。罪，罪责。真宰，指上天。

〔**铲叠嶂**〕铲去剑门重山，这是泛指，与上"连山抱西南，石角皆北向"专写形胜不同。

〔**恐此复偶然**〕恐又偶然而有这样凭险割据的事，言下应该宽其职贡，停止征敛。

〔**临风默惆怅**〕登山对风而暗中忧虑。

蜀　相

杜甫

丞相祠堂何处寻，

锦官城外柏森森。

映阶碧草自春色，

隔叶黄鹂空好音。

三顾频烦天下计，

两朝开济老臣心。

出师未捷身先死，

长使英雄泪满襟。

‖ 题 解 ‖

蜀汉丞相诸葛亮，是我国古代的政治家、军事家、外交家、文学家、发明家，是著名的历史人物。四川和云南、贵州三省人民尤其怀念他。杜甫于上元元年（760 年）春天在成都访问武侯祠（诸葛亮封武乡侯）时作这诗，表达他对诸葛亮的怀念。

‖ 注 释 ‖

〔**锦官城外柏森森**〕参前李白《蜀道难》诗"锦城"注。锦官城在今成都城南，武侯祠在今城西南约二里。森森，树木茂盛的样子。

〔**黄鹂**〕黄莺。

〔**三顾频烦天下计**〕诸葛亮隐于隆中山（今湖北襄阳西），刘备曾经三次相访，故称"三顾"。频烦，连续。"天下计"是说诸葛亮为刘备筹划天下大计。

〔**两朝开济老臣心**〕两朝开济，先主刘备开基，后主刘禅济美。老臣指诸葛亮。

〔**出师未捷身先死**〕诸葛亮曾屡次出师伐魏，在蜀后主建兴十二年（234 年）秋病死于五丈原（今陕西宝鸡岐山境内），未获最后全胜。师，军队。捷，胜利。

〔**长使英雄泪满襟**〕英雄，这里指后世的爱国志士。长使，永久使得。泪满襟，泪满衣襟，形容悲泪涌流。

水槛遣心二首（选一首）

杜甫

去郭轩楹敞，

无村眺望赊。

澄江平少岸，

幽树晚多花。

细雨鱼儿出，

微风燕子斜。

城中十万户，

此地两三家。

‖ 题　解 ‖

　　轩窗下长木为栏，用板为槛。水槛，水亭的栏槛。在工部祠的西南。遣心一作遣兴，是遣怀的意思。这首五律通篇的句子两两相对偶，但写得并不板滞，用语很自然。这诗作于上元二年（761年）。

‖ 注　释 ‖

　　〔去郭轩楹敞〕轩楹，窗柱。这句话的意思是离开城郭很远，水槛窗柱很开敞。

　　〔眺望赊〕展望旷远。赊，音奢，读如沙。

　　〔幽树晚多花〕幽僻之地树花迟开而多。

　　〔细雨鱼儿出二句〕大雨则鱼伏而不出，细雨则出；燕体轻弱，受微风而尾斜。这两句写得很精细，是有名的诗句。

　　〔城中十万户二句〕据《新唐书·地理志》：成都府共十县，凡十六万九百五十户。这里的"城中十万户"专指成都城中说的，但略有夸张。"此地两三家"指水槛所见，应上"无村"说的。杜甫的邻居，据他的诗中所写有南邻朱山人、斛斯融、北邻县令王某以及黄四娘等，《江村》

说："清江一曲抱村流。"《为农》说："锦里烟尘外，江村八九家。"又有《到村》《村雨》等诗，那是指草堂一带较广的范围说的。

赠花卿

杜甫

锦城丝管日纷纷，

半入江风半入云。

此曲只应天上有，

人间能得几回闻？

‖ 题 解 ‖

平辈相呼称卿。花卿即西川牙将花敬定，平定梓州刺史段子璋叛乱后，恃功骄暴，杜甫另有《戏作花卿歌》，赞颂中有规讽的意思。这诗也是写他喜爱声乐的豪奢生活。也作于上元二年（761 年）。

‖ 注 释 ‖

〔**丝管**〕也称丝竹或管弦，指乐器。

〔**此曲只应天上有**〕此曲，总上所写说。天上，指朝廷。应，读平声。

〔**人间**〕人世间，指朝廷之外。

野　望

杜甫

西山白雪三城戍，

南浦清江万里桥。

海内风尘诸弟隔，

天涯涕泪一身遥。

惟将迟暮供多病，

未有涓埃答圣朝。

跨马出郊时极目，

不堪人事日萧条。

‖ 题 解 ‖

野望就是眺望旷野的意思。作于宝应元年（762 年）。后来，他在东川射洪县和湖南潭州也有《野望》诗，还是感时伤世之作。

‖ 注 释 ‖

〔**西山白雪三城戍**〕西山，在四川松潘县南叠溪湖西，一名大雪山、蓬婆岭。三城，即松（今四川阿坝藏族羌族自治州松潘县）、维（今理县西）、保（今理县东南）三州。戍，戍守。三城为当时防御吐蕃进犯的要地。这句写近望。

〔**南浦清江万里桥**〕浦，江边地。清江，指锦江，在成都南门外，一名流江，由灌县（今都江堰市）经郫县、温江间往东而流，水很清澄。万里桥即今南门大桥，蜀汉时费祎使吴，诸葛亮到此桥饯送，费祎说："万里之行，始于此桥。"桥下水入岷江流至宜宾与金沙江合为长江，东流直达江南。这句是说出郊上桥而西望，补足上句。

〔**海内风尘诸弟隔**〕海内，四海之内。风尘，指河北寇警。戎马所至，风起尘扬。诸弟隔，杜甫有弟颖、观、丰各在他郡。这句写远望。

〔天涯涕泪一身遥〕成都在长安西南边远之地，所以说是"天涯"。这句是说自己一人在边远之地，常常流泪，所以远望。

〔惟将迟暮供多病〕迟，晚。迟暮，指年老。这句说只能将暮年供多病之役，意思是说，只能让老年的时光在多病的情况下度过。

〔未有涓埃答圣朝〕涓埃，滴水和细尘，形容微末的贡献。答，报答。圣朝，称唐室。

〔跨马出郊时极目〕由城内骑马到郊野，尽目力眺望。时，时常。这句点清题意。

〔不堪人事日萧条〕"人事"应上忧国思家总说。不堪，感情不能胜任。萧条，寂寥。这句感慨很深。因为当时剑南分为东西川，设两节度使，西山三城戍守，百姓疲于征调，蜀州刺史高适上疏请罢东川节度，以济民困，未被采纳，杜甫这诗也为此事而作。

狂　夫

杜甫

万里桥西一草堂，
百花潭水即沧浪。
风含翠筱娟娟净，
雨浥红蕖冉冉香。
厚禄故人书断绝，
恒饥稚子色凄凉。
欲填沟壑惟疏放，
自笑狂夫老更狂。

‖ 题　解 ‖

《诗·齐风·东方未明》："狂夫瞿瞿。"说狂放无守的人。《论语·微子》："楚狂接舆歌而过孔子。"接舆，陆通字。楚昭王时，政令无常，陆通乃佯狂不仕，时人称为楚狂。隐居四川峨眉山，俗传寿数百岁，后成仙。杜甫寓居成都草堂，这诗即以楚狂自比。

‖ 注　释 ‖

〔万里桥西一草堂二句〕杜甫有诗说："万里桥西宅，百花潭北庄。"（《怀锦水居止二首》之二）按：百花潭在青羊官之东，潭水上游即浣花溪，因求偶对故用"百花潭北庄"，实则庄在浣花溪北。《楚辞·渔父》："渔父莞尔而笑，鼓枻而去，歌曰：沧浪之水清兮，可以濯我缨，沧浪之水浊兮，可以濯我足。"杜甫是用这一典故，以渔父隐者自比。浪音狼，读平声。

〔风含翠筱娟娟净〕这句是应首句。翠筱，绿竹，筱，音小。娟娟，美好的样子。

〔雨浥红蕖冉冉香〕这句是应第二句。浥，湿润。蕖，荷。冉冉，慢慢而来。上句风中有雨（娟娟净），这句雨中有风（冉冉香）。

〔**厚禄故人书断绝**〕厚禄，高厚的俸禄。故人，旧友。
书，书信。

〔**恒饥稚子色凄凉**〕恒，常。稚子，幼子。容颜常带饥
色，所以说凄凉。

〔**欲填沟壑惟疏放**〕欲填沟壑，将穷饿而死。疏放：三
国魏嵇康志远而疏，吕安心旷而放。疏放是说不肯仰面逢
迎别人。

客　至

杜甫

舍南舍北皆春水，

但见群鸥日日来。

花径不曾缘客扫，

蓬门今始为君开。

盘飧市远无兼味，

樽酒家贫只旧醅。

肯与邻翁相对饮，

隔篱呼取尽馀杯。

‖ 题 解 ‖

题下原注："喜崔明府相过。"唐人称县令为明府。明朝张綖注："前有《宾至》诗，而此云《客至》，前有敬之之意，此有亲之之意。"邵宝（也是明朝人）注说崔明府是杜甫的母舅，按杜甫有送十一舅、十七舅、二十三舅、二十四舅几首诗，都尊称"舅氏"，这诗独称"君"，应是与杜甫平辈的人。

‖ 注 释 ‖

〔但见群鸥日日来〕鸥，水鸟。灰白色，翼长，常飞翔于海上或江湖上。这里兼用《列子·黄帝》海上之人狎鸥的故事。日日来，说明自己无机巧之心。

〔盘飧市远无兼味〕飧，熟食，音孙。市远的市指南市津头。无兼味，只有一味。

〔樽酒家贫只旧醅〕樽，酒杯。醅，未滤的酒，音胚。

〔隔篱呼取尽馀杯〕舍南舍北都是水，只隔篱有人居住，前后照应。呼取，呼得。尽馀杯，干杯。

登 楼

杜甫

花近高楼伤客心，

万方多难此登临。

锦江春色来天地，

玉垒浮云变古今。

北极朝廷终不改，

西山寇盗莫相侵。

可怜后主还祠庙，

日暮聊为梁甫吟。

‖ 题 解 ‖

东汉末年董卓作乱，王粲避难到荆州依刘表，登当阳县城楼，思念京都而作《登楼赋》。杜甫这诗大旨也同。作于广德二年（764 年）的春天。

‖ 注 释 ‖

〔**万方多难此登临**〕万方，万国。指海内之地。难，世乱，读去声。登临，登山临水，登楼或登塔赏景也可用。

〔**天地**〕天地之间。

〔**玉垒浮云变古今**〕玉垒，山名，在四川灌县西。太宗时设关于山下，为吐蕃往来冲要之地。成都城内遇天晴时隐约可见灌县之山。这句话古今变化有如玉垒山上浮动莫定的白云。

〔**北极朝廷终不改**〕北极一名北辰，众星拱之，以比喻朝廷帝王的尊贵。终不改，是说上年吐蕃陷长安，立广武王承宏为帝，郭子仪收京后，代宗回到长安。

〔**西山寇盗**〕吐蕃陷松、维、保三州，西山见前《野望》诗注。

〔**可怜后主还祠庙**〕后主刘禅昏庸失国，四川人民因怀念先主刘备和丞相诸葛亮，还是为他立了祠庙，在先主庙东。武侯祠在先主庙西。杜甫这里由于深思多难的原因，对唐代宗信任宦官程元振等致乱（后主信任宦官黄皓）也有所讽刺。

〔日暮聊为梁甫吟〕诸葛亮在隆中躬耕陇亩，好为《梁父吟》（父读上声，同甫，梁父是泰山下小山名）。《梁父吟》是古歌，现存的有"二桃杀三士"等语。杜甫是以诸葛亮的感慨失意自喻，黄生说《梁甫吟》就指这首《登楼》诗。

绝句四首（选一首）

杜甫

两个黄鹂鸣翠柳，

一行白鹭上青天。

窗含西岭千秋雪，

门泊东吴万里船。

‖ 题　解 ‖

这里直接用绝句作题，绝句是五言或七言四句，它的制作前于律诗，应该说是古诗。但后来讲究平仄和用韵的关系，一般都把它和律诗一起算作近体诗。绝句本来是无须对偶的，这里的四句却是两两相对，可以说是变体。

‖ 注　释 ‖

〔**窗含西岭千秋雪**〕谢朓《郡内高斋闲望答吕法曹》诗："窗中列远岫。"杜甫用此，也是成都所见的实景。西岭指灌县西南一百里的雪山。《怀锦水居止二首》之二："雪岭界天白。"成都晴天可以隐约见到。

〔**门泊东吴万里船**〕浣花溪可行小舟，直通百花潭，再东经万里桥下，直抵东吴。

咏怀古迹五首

杜甫

一

支离东北风尘际，

漂泊西南天地间。

三峡楼台淹日月，

五溪衣服共云山。

羯胡事主终无赖，

词客哀时且未还。

庾信平生最萧瑟，

暮年诗赋动江关。

二

摇落深知宋玉悲，

风流儒雅亦吾师。

怅望千秋一洒泪，

萧条异代不同时。

江山故宅空文藻，

云雨荒台岂梦思。

最是楚宫俱泯灭，

舟人指点到今疑。

三

群山万壑赴荆门，

生长明妃尚有村。

一去紫台连朔漠，

独留青冢向黄昏。

画图省识春风面，

环佩空归月夜魂，

千载琵琶作胡语，

分明怨恨曲中论。

四

蜀主窥吴幸三峡，

崩年亦在永安宫。

翠华想像空山里，

玉殿虚无野寺中。

古庙杉松巢水鹤，

岁时伏腊走村翁。

武侯祠屋常邻近，

一体君臣祭祀同。

五

诸葛大名垂宇宙，

宗臣遗像肃清高。

三分割据纡筹策，

万古云霄一羽毛。

伯仲之间见伊吕，

指挥若定失萧曹。

运移汉祚终难复，

志决身歼军务劳。

‖ 题 解 ‖

这是借古迹咏自己的心怀，不是专写古迹。每首写一古迹，怀一古人（只庾信宅在江陵，不在峡内，第一首是自叙带言庾信），借其人写自己的身世之感。这是从左思《咏史》诗来的。是杜甫七律组诗的代表作，大历元年（766年）作于夔州。

‖ 注 释 ‖

（一）这首从咏怀写到梁朝诗人庾信。

〔**支离东北风尘际**〕支离，形体不全的样子，这里可作流离解。"东北"对下句"西南"说，指安史叛乱，攻陷长安后，杜甫到鄜州，被俘回京，又逃到凤翔，收复长安后，贬华州，又弃官到秦州，再到同谷。风尘，指战争，见前《野望》诗注。际，时际，适当其时。

〔**漂泊西南天地间**〕漂泊，流寓失所。"西南"对上"东北"而言，称天地间，言其广大，这句见杜甫漂流不只一地，他入蜀以后，先居成都，后辗转于梓、阆、汉等州，以后又回成都，再经嘉州、戎州、渝州、忠州、云安到夔州。

〔**三峡楼台淹日月**〕"三峡"见前李白《峨眉山月歌》注释。夔州人依山建筑楼台居住，杜甫也曾居草阁（江力阁）、西阁等。淹日月，久留。淹音炎。

〔**五溪衣服共云山**〕五溪指雄溪、横溪、酉溪、沅溪、辰溪，为少数民族（苗、瑶、土家等族）所居之地。在今湖南、贵州两省接壤处。他们的习俗喜穿五色衣服。共云山，与苗、瑶杂处，不得归去。

〔**羯胡事主终无赖**〕"羯胡"指安禄山，羯音揭。"主"指玄宗。无赖，狡猾多诈。也是写侯景叛梁，引起最后两句咏庾信。

〔**词客哀时且未还**〕词客，词人，杜甫自称。哀时，对时局哀伤。且未还，尚未还，还没有回故都。也是兼写庾信。

〔**庾信平生最萧瑟二句**〕庾信，梁朝著名诗人，为东宫学士，领建康令，侯景叛乱，信战败奔江陵，梁元帝遣使聘于西魏，江陵又陷，信留北朝不得遣还，常思念故国，作《哀江南赋》《咏怀二十七首》等，感人很深，流传也广。萧瑟，秋风吹动草木的声音。动江关，是说动故国之思。

（二）这首怀念楚国诗人宋玉。

〔**摇落深知宋玉悲**〕宋玉，战国时楚大夫，屈原弟子，悲其师忠而放逐，作《九辩》述其志，开始说："悲哉秋之为气也，萧瑟兮草木摇落而变衰。"摇落，凋残。

〔风流儒雅亦吾师〕"风流"言其标格（风范举止），"儒雅"言其文学。宋玉以屈原为师，杜甫既以屈原为师，也以宋玉为师。亦，也。

〔萧条异代不同时〕异代，朝代各异。不同时，不得同时。所以上句说"怅望""洒泪"。萧条见前《野望》诗注。

〔江山故宅空文藻〕归州（今湖北秭归县）有宋玉宅，归州在峡内，所以说"江山故宅"。文藻，文辞，文采。空文藻说宋玉已死，空有文辞尚传。

〔云雨荒台岂梦思〕宋玉作《高唐赋》讽谏楚襄王，假托怀王游高唐，梦遇巫山神女，王因幸之，离去时说她"旦为朝云，暮为行雨，朝朝暮暮，阳台之下"。岂梦思，岂是梦中相思，说本无此梦，只是假托罢了。

〔最是楚宫俱泯灭二句〕楚宫在巫山县西。泯灭，消灭净尽，泯音敏。俱，一同，连前"故宅"说，都已不存。加上"最是"，则着重在"宫"，如今"舟人指点"，不知确在何处，感慨悲伤之意，见于言外。清人黄生说是杜甫"抑楚王扬宋玉，扬宋玉亦所以自扬也"，不甚妥帖。

（三）这首写昭君村，咏昭君出塞事。

〔群山万壑赴荆门〕万壑，见前《蜀道难》诗注。赴，奔赴。荆门，山名，在今湖北宜都西北长江南岸，与北岸虎牙山相对，地极险要。

〔**生长明妃尚有村**〕杜甫《负薪行》："何得北有昭君村?"明妃的"明"与下"分明怨恨曲中论"的"明"字重复，似当作"昭君"。汉王嫱，字昭君，晋朝人避司马昭讳改称明君，后人又称明妃。昭君村在秭归东北四十里。尚有村，说村至今尚存。

〔**一去紫台连朔漠**〕去，离去。紫台，即紫宫。帝王之宫以象紫微星，故称紫宫。连，无极的意思。朔漠，北方的沙漠，匈奴所居。这句咏汉元帝以王嫱嫁匈奴单于事。

〔**青冢**〕墓无草木，远望冥蒙作黱（黛）色，所以叫青塚。指昭君死后所葬之地。

〔**画图省识春风面**〕元帝后宫很多，叫画工画图以便选择，宫人都赂画工，昭君不与，便丑图之。元帝以昭君嫁匈奴。省识，有人解为约略认识，有人说是不识而出以婉辞，明朝唐汝询《唐诗解》解为罕识，按：省，减少，即罕（少）意。这句说元帝从画图罕能认识昭君美丽的容貌。

〔**环佩空归月夜魂**〕传说周人郑交甫到楚国去，至汉皋，遇江妃二女，解佩珠与他，交甫怀着行数十步，二女不见，佩珠也失去。阮籍《咏怀》诗说："二妃游江滨，逍遥顺风翔，交甫怀佩环，婉娈有芬芳。"又江总《和东宫故妃诗》："犹忆窥窗处，还如解佩时，若令归就月，照见不须疑。"杜甫这句诗合用上面二诗，写昭君死后只有魂归故国。

〔**千载琵琶作胡语**〕千载，自汉至唐近千年。琵琶，马上所弹，送昭君时慰其道路之思。作胡语，说其声如胡人的语言。

〔**分明怨恨曲中论**〕昭君作怨思之歌，后人名为《昭君怨》，为四言诗，恐不可靠。论，读平声，音仑。

（四）这首写先主庙，兼及武侯祠。

〔**蜀主窥吴幸三峡两句**〕蜀主称刘备。窥，小视，窥伺。章武元年（221 年）秋征吴，自巫山攻至秭归，次年夏天猇亭（湖北宜都北）军败，退至鱼复，改名永安，即白帝城（瀼溪以东，今奉节县东十三里）。三峡见前李白《峨眉山月歌》注释。皇帝行到叫"幸"。章武三年（223 年），死于永安宫（瀼溪以西，今奉节县城东）。皇帝死叫"崩"。

〔**翠华**〕皇帝之旗，以翠鸟羽做旗饰。

〔**玉殿虚无野寺中**〕玉殿，称殿宇。原注："殿今为卧龙寺，庙在宫东。"先主庙在奉节县东六里。

〔**古庙杉松巢水鹤**〕鹤，水鸟。老鹤才能巢于树上，见庙之久。

〔岁时伏腊走村翁〕古代一岁两祭，夏伏冬腊，"时"即指夏、冬二时。村翁时来，见老农对刘备庙祭祀很勤。

〔武侯祠屋常邻近二句〕夔州也有武侯祠，与刘备庙相距不远。君为元首，臣为股肱（手足）耳目，共为一体（一身）。祭祀同，是说村翁同祭刘备庙与诸葛亮祠。

（五）这首怀念蜀相诸葛亮。

〔垂宇宙〕垂，垂留。上下四方叫宇，古往今来叫宙。就空间和时间共说。

〔宗臣遗像肃清高〕武侯庙在夔州八阵图的卧龙山上。宗臣，所宗仰之臣。遗像，庙中所祀诸葛遗留之像。肃清高，肃然清高。肃，敬严；清高，指修道静默，即"澹泊以明志，宁静以致远"（诸葛亮《诫子书》语）的意思。

〔三分割据纡筹策〕三分，指魏、蜀、吴三国。纡，音迂，屈。说志不得展。筹策，筹谋划策，指诸葛隆中定计。

〔万古云霄一羽毛〕诸葛如鸾凤在云霄，自古以来人们只见其一羽毛罢了。

〔伯仲之间见伊吕〕伊吕，伊尹、吕尚，殷、周贤臣，辅佐成汤、文王、武王。彭羕曾经称赞诸葛亮为"当世伊吕"。伯仲之间，兄弟之间。这句即"当世伊吕"的意思。

〔**指挥若定失萧曹**〕指挥若定，说胸有成算，取天下于指挥之间。失萧曹，萧曹失色，说不足相比。萧何、曹参，汉丞相，佐刘邦开基，功劳最大。

〔**运移汉祚终难复二句**〕上句说汉位已衰，国运将移，终属难于恢复。祚音做。下句"志决身歼"，说一意以死报国。歼音尖，灭，死。军务劳，劳于征战。全句即《后出师表》所说"鞠躬尽瘁，死而后已"的意思。

秋兴八首

杜甫

一

玉露凋伤枫树林，

巫山巫峡气萧森。

江间波浪兼天涌，

塞上风云接地阴。

丛菊两开他日泪，

孤舟一系故园心。

寒衣处处催刀尺，

白帝城高急暮砧。

二

夔府孤城落日斜，

每依北斗望京华。

听猿实下三声泪，

奉使虚随八月槎。

画省香炉违伏枕，

山楼粉堞隐悲笳。

请看石上藤萝月，

已映洲前芦荻花。

三

千家山郭静朝晖，

日日江楼坐翠微。

信宿渔人还泛泛，

清秋燕子故飞飞。

匡衡抗疏功名薄，

刘向传经心事违。

同学少年多不贱，

五陵衣马自轻肥。

四

闻道长安似弈棋，

百年世事不胜悲。

王侯第宅皆新主，

文武衣冠异昔时。

直北关山金鼓震，

征西车马羽书驰。

鱼龙寂寞秋江冷，

故国平居有所思。

五

蓬莱宫阙对南山，

承露金茎霄汉间。

西望瑶池降王母，

东来紫气满函关。

云移雉尾开宫扇，

日绕龙鳞识圣颜。

一卧沧江惊岁晚，

几回青琐点朝班。

六

瞿塘峡口曲江头，

万里风烟接素秋。

花萼夹城通御气，

芙蓉小苑入边愁。

珠帘绣柱围黄鹄，

锦缆牙樯起白鸥。

回首可怜歌舞地，

秦中自古帝王州。

七

昆明池水汉时功，

武帝旌旗在眼中。

织女机丝虚夜月，

石鲸鳞甲动秋风。

波漂菰米沈云黑，

露冷莲房坠粉红。

关塞极天惟鸟道，

江湖满地一渔翁。

八

昆吾御宿自逶迤，

紫阁峰阴入渼陂。

香稻啄余鹦鹉粒，

碧梧栖老凤凰枝。

佳人拾翠春相问，

仙侣同舟晚更移。

彩笔昔曾干气象，

白头今望苦低垂。

‖ 题 解 ‖

晋朝潘岳有《秋兴赋》。郑玄《周礼注》说："兴者，托物于事也。"杜甫这八首诗即来源于潘岳赋，意为秋日感兴，兴读去声。大历元年（766年）作于夔州。这也是杜甫晚期七律组诗的代表作。

‖ 注 释 ‖

（一）这首为秋兴的发端，对夔州秋景引起羁旅之感。

〔玉露〕白露。

〔巫山巫峡气萧森〕《水经注》：巫峡首尾一百六十里，因山为名。气萧森，秋气萧条。

〔江间波浪兼天涌二句〕极写巫山巫峡的风景，波浪在地却说兼天，风云在天却说接地，都见秋气萧森之状。兼天，犹言连天。"塞上"指夔州地近五溪苗瑶所居的区域。

〔**丛菊两开他日泪**〕杜甫在永泰元年（765年）秋到云安，大历元年（766年）到夔州，所以说丛菊两开。他日，前日，指往时。见菊开而惊时晚岁更，自然如昔日老泪下流。

〔**孤舟一系故园心**〕系，泊舟，指留居夔州。故园心，思念长安城南少陵故居的心。

〔**寒衣处处催刀尺**〕寒衣，冬衣。处处，犹家家。催刀尺，催人裁剪，江上早寒，便想到冬衣。

〔**白帝城高急暮砧**〕白帝城，即指夔州，下临长江。砧，捣衣石，古人制寒衣须捣练帛。急暮砧，表现捣衣声的急促。砧，音斟。

（二）这首接上面的暮景，写到夜深，遥望长安，不得还朝。

〔**夔府孤城**〕唐太宗贞观十四年（640年）以夔州为都督府，督归、夔、忠、万、涪、渝、南七州，后罢都督府，肃宗乾元二年（759年）又升为都督府，不久又罢。这里称夔府，用旧名。孤城指夔州城（今奉节县）。夔，音逵。

〔**每依北斗望京华**〕京师为文物荟萃之地，所以称为京华，指长安。长安上直北斗，一说紫微为太帝座，北斗正列紫微垣南，所以杜甫依北斗星的位置而望长安。每依，常依。这句是八首主旨。

〔**听猿实下三声泪**〕本是"听猿三声实下泪"，因为平仄和与下句对偶的缘故而倒转。参前李白《早发白帝城》诗注。"实"是亲身经历。

〔**奉使虚随八月槎**〕传说汉武帝派张骞出使大夏寻河源，乘槎经月，到天河。严武为剑南节度使，杜甫曾入幕参谋，严武既死，杜甫不能随他还朝，所以说"奉使虚随"。又传说天河与海通，有人居海渚，年年八月见浮槎去来不失期，便乘槎去到了天河。用"八月"表明秋天，以对上句的"三声"。"槎"同"楂"，水中浮木。

〔**画省香炉违伏枕**〕《汉官仪》："尚书省中皆胡粉涂壁，画古贤人烈士。"所以称画省。又："尚书郎更直，女侍史二人从直，女侍执香炉烧薰从入台护衣。"《旧唐书·职官志》："凡尚书省官每日一人宿直，都司执直簿转以为次。"杜甫曾被任为检校工部员外郎，这里的"伏枕"暗中照应"宿直"说。杜甫未到省供职，所以说违离。《诗·陈风·泽陂》："寤寐无为，辗转伏枕。"朱熹注："卧而不寐，思之深且久也。"仇兆鳌注即据此说杜甫在夔州卧不能寐。与第五首的"一卧沧江"同义。有人说是卧病，按此与《风疾舟中伏枕书怀》等诗的"伏枕"不同。

〔**山楼粉堞隐悲笳**〕山楼，夔府城楼。粉堞，城上涂白土的女墙（小墙）。堞间牒。隐悲笳，胡笳之声动人悲感，隐伏城堞之间，边人吹它以报昏晓。

〔**请看石上藤萝月二句**〕看，读平声。藤萝在石上，月在藤萝上，逐渐上升，映到洲前芦荻花了，见得诗人伫望时久，照应上面的"落日斜"写的。芦荻，水草，秋日开花，和其他各首一样，都点明秋意。

（三）这首写夔州朝景，抒发功名无成，由于疏救房琯得罪，朝中所用非贤，诗人志不得偿。

〔**千家山郭静朝晖**〕据《旧唐书·地理志》：夔州管奉节等四县，凡七千八百三十户，天宝时增至一万五千六百二十户，经乱后奉节县也应有三四千户，《夔州歌十绝句》之五说："瀼东瀼西一万家。"应该有些夸张。今只就城郭说，称为"千家山郭"。这句接上首深夜，写次日的朝阳。静，寂静。

〔**日日江楼坐翠微**〕翠微，山旁陂陀之处，一说山青绿色。山绕江楼，日日坐对，说留滞已久。

〔**信宿渔人还泛泛二句**〕再宿叫"信"。泛泛，舟浮水上的样子。故飞飞，依旧群飞。用所见渔人、燕子比喻自己的漂泊。

〔匡衡抗疏功名薄〕疏，奏疏。读去声，音庶。西汉匡衡为博士给事中，元帝问以政治得失，衡上疏奏对，迁光禄大夫，太子少傅。后为丞相，封乐安侯。杜甫为左拾遗，上疏救房琯，贬为华州司功参军，后弃官入蜀。所以用匡衡抗疏自比，但说功名微薄，不如匡衡。抗疏，上疏直陈。功名，指禄位说。

〔刘向传经心事违〕西汉宣帝时，刘更生为谏大夫，迁给事中，曾受《穀梁春秋》，讲论"五经"于石渠阁（藏秘书），为弘恭、石显所毁下狱，免为庶人。成帝即位，更生复用，更名向。诏向领校"五经"秘书，著有《洪范五行传论》《列女传》《新序》《说苑》。又与儿子歆共领校秘书，讲六艺传记、诸子诗赋、数术方技，无所不究，向死后，刘歆卒父前业。父子都好究古，博见强志，过绝于人。杜甫在天宝时曾献《三大礼赋》，待制集贤院试文章，如今屈于幕府，留滞峡中，不得如刘向的传经，所以说"心事违"。心事，心中所念之事。

〔同学少年多不贱〕同学，同受业于师。不贱，即说富贵。

〔**五陵衣马自轻肥**〕五陵，长陵、安陵、阳陵、茂陵、平陵。为汉高祖、惠帝、景帝、武帝、昭帝的陵墓。不少富豪家居于其地。轻裘肥马，自享安富生活，与杜甫的关怀国事民瘼相异。

（四）这首思念故国，感慨长安世事，忧虑回纥、吐蕃的入侵。

〔**闻道长安似弈棋**〕上面三首定夔州，以下五首写长安，用这句为转折。闻道，听说，表示人们的常言。弈，音亦，围棋。这句说长安政局变化很大，人们钩心斗角，有如棋局，互为胜负。

〔**百年世事不胜悲**〕自唐高祖开国至代宗大历元年（766年）已百余年，举其成数称"百年"。世事，暗说始治后乱。胜，平声。悲不自胜，说悲极。

〔**王侯第宅皆新主**〕安禄山攻陷长安，王侯之家，多被杀戮，或委弃奔窜，肃宗还京，以官赏功，封爵太滥，旧第宅换了新主人。

〔**文武衣冠异昔时**〕衣冠，士大夫所服，指仕宦的缙绅之家。肃宗、代宗都信任宦官，如李辅国加中书令，鱼朝恩为观军容宣慰处置使，加判国子监事，其余武将得势为达官的很多，与从前大为不同。

〔**直北关山金鼓震**〕直北，当长安以北。金鼓，用以指挥军队进退。说西北回纥内侵。

〔**征西车马羽书驰**〕羽书，羽檄，军中有急事插鸟羽于书。这句说吐蕃入寇，征西军队告急。

〔**鱼龙寂寞秋江冷二句**〕《水经注》说："鱼龙以秋日为夜。龙秋分而降，蛰寝于渊，故以秋为夜也。"比喻自己正如鱼龙值秋潜蛰。二句说当此秋江寂寞，想到故国平昔所居之地，不胜悲慨。

（五）这首思念长安宫阙和朝仪，感叹自己年老羁旅在外。

〔**蓬莱宫阙对南山**〕唐大明宫，初建于太宗贞观八年（634年），名永安宫，九年（635年）改为大明宫，备太上皇清暑。龙朔二年（662年）高宗染风痹，大举兴建旧大明宫，改名为蓬莱宫，后改含元殿，长安元年（705年）又改为大明宫。如山之寿叫蓬莱，如日之升叫大明。阙，门观。大明宫北居高原，南对终南山，京城坊市街陌如在槛内。

〔**承露金茎霄汉间**〕汉武帝承露盘、铜柱在建章宫西，地在唐长安城外西北隅，唐大明宫却在长安城东北，是借汉事说唐宫阙之盛。霄汉间，天际。霄字平仄失调。

〔**西望瑶池降王母**〕传说周穆王西游，升昆仑之丘，觞西王母于瑶池之上。又：汉武帝七月七日斋于承华殿，有青鸟西来，不久，西王母至。瑶池，传说的仙境。唐朝公主如金仙、玉真等，多为道士，这句写道观之盛。以下六句句末都是一虚字二实字，句法较板滞。

〔东来紫气满函关〕传说周朝关令尹喜常登楼望见东极有紫气西行，说应有圣人经过京邑，这天果见老君乘青牛车来过。函关，即函谷关，在今河南灵宝县。唐朝皇帝姓李，以老子为圣祖玄元皇帝，享荐太清宫。杜甫《三大礼赋》中有《朝献太清宫赋》，是歌颂尊崇道教的。

〔云移雉尾开宫扇二句〕雉，形似鸡，羽毛甚美。用雉尾羽缉为扇。云移，形容扇开。皇帝受朝于宣政殿，坐定，扇开日出，才见其面。龙鳞，衮衣上绣的龙纹。以上六句都写宫阙之壮伟和朝仪之盛，是玄宗时事。杜甫认为他的文章引起玄宗的注意，"往时文采动人主"，所以要这样极力铺叙。

〔一卧沧江惊岁晚〕沧江，大江。岁晚，指秋深，实寓年老之意，杜甫本年55岁。

〔几回青琐点朝班〕青琐，宫中门名，镂刻连环文，涂上青色。朝班，朝臣按官职排列的班行。点，传点。这句写他在肃宗时任左拾遗事，立朝不久，所以说几回。

（六）这首思念曲江名胜歌舞之地，因安史之乱而很感哀伤。

〔**曲江头**〕曲江，唐玄宗开元年间疏凿为胜镜，花卉环绕，烟水明媚，都人游赏很盛。地在长安城南。

〔**万里风烟接素秋**〕秋西方白色，叫素秋。这句话说两地相隔万里，被秋景连接着。风烟，犹言风云。

〔**花萼夹城通御气**〕花萼相辉楼在南内兴庆宫（今西安兴庆公园）西南隅。玄宗命筑夹城至曲江芙蓉园。又自大明宫经复道达兴庆宫，外人不知。进奉于皇帝，或皇帝行事都叫"御"。御气，御行于元气中。玄宗常到芙蓉园游赏，从花萼夹城通去，所以说通御气。

〔**芙蓉小苑入边愁**〕安禄山反叛消息传来，玄宗登花萼楼置酒，四顾凄怆。都由游幸误政，所以说边愁由芙蓉园入。芙蓉园本宜春苑。

〔**珠帘绣柱围黄鹄**〕珠帘绣柱，织珠为帘，以绣加柱。汉昭帝时，黄鹄飞下建章宫太液池中，昭帝作歌。宫室很密，黄鹄如被围住。黄鹄，大鸟。

〔**锦缆牙樯起白鸥**〕锦缆牙樯，以锦为缆，象牙饰帆墙。起，惊起。说舟楫多，白鸥也被惊起。以上两句由曲江写到宫室之盛。

〔**回首可怜歌舞地二句**〕秦中自古为帝王建都之处，回想当年歌舞地曲江之盛，诗人感到很可哀伤。

（七）这首思念长安昆明池，不得回京再见美景。

〔**昆明池水汉时功**〕昆明池，在长安西南，周四十里，汉武帝元狩三年（公元前120年）所穿，以习水战，准备征伐西南夷。功，同工，功力，指修造工程说。

〔**武帝旌旗在眼中**〕武帝在昆明池造楼船，高十多丈，加上旌旗很雄壮。旌旗，旗的总名，有羽的叫旌，无羽的叫旗。玄宗也曾在这里置造战船。"在眼中"指这说，借汉说唐。

〔**织女机丝虚夜月**〕昆明池作二石人，东西相望，像牵牛织女。"虚"对"夜月"，不理机丝，写织女的静，千古不移。

〔**石鲸鳞甲动秋风**〕昆明池刻石为鲸鱼，传说每雷雨常鸣吼，鬐尾皆动。这里借言秋风吹来石鲸也动，语很活泼。石鲸今尚存陕西省博物馆（原碑林），长三丈。以上两句写池景的壮丽，极道昆明池之盛。

〔**波漂菰米沈云黑二句**〕菰，一名蒋，茭白。秋结实，叫菰米，也称雕胡，可煮饭。沈云黑，言其多，一如黯黯的黑云，沈同沉。平声。莲房，莲蓬。莲结子花蒂褪落，所以说"坠粉红"。"露冷"写秋，犹第一首的"玉露凋伤"，所施及的对象不同。这两句写昆明池的出产，表现的风光也很幽美。

〔关塞极天惟鸟道〕"关塞"即塞上，指夔州说。"极天"形容高峻，"鸟道"形容绝险。这也说僻处地隅，不能回朝。

〔江湖满地一渔翁〕江湖满地，指荆楚（夔州、江陵同属山南东道）。也是写秋。《庄子·秋水》："秋水时至，百川灌河。"释文："李云：水生于春，壮于秋。"渔翁即渔父，杜甫用以自比，即所谓"百花潭水即沧浪"，参前《狂夫》诗注。

（八）这首思念长安渼陂，追忆旧日之游而自伤衰老失意。

〔昆吾御宿自逶迤〕昆吾亭，在蓝田县境。御宿川，在万年县西南四十里。都在上林苑中。逶迤，长远曲折的样子。音委移。渼陂在鄠县西。从长安去游渼陂，必须经过昆吾、御宿。

〔紫阁峰阴入渼陂〕紫阁峰，在鄠县东南三十里。山北叫阴，渼陂水浸及紫阁峰。

〔香稻啄余鹦鹉粒二句〕也是写的秋景。这里着重在写香稻、碧梧二物之美，用鹦鹉啄余、凤凰栖老来形容，不是实有其事（凤凰就只是神话传说，并无此鸟），因而这不是倒装句。香稻、粒、碧梧、枝当重读。这是八首诗中最有名的佳句，脍炙人口，传诵千古。

〔**佳人拾翠春相问**〕佳人，称美貌的女子。拾翠，拾翠羽，用曹植《洛神赋》中语。春相问，说佳人游春，拾翠羽互相问遗（馈赠）。

〔**仙侣同舟晚更移**〕后汉郭泰、李膺同舟而济，众人望之以为神仙。仙侣，称同游的朋友。杜甫与岑参兄弟天宝末年曾同游渼陂，"仙侣"称岑等。晚更移，晚更移舟而游。这两句极写当年游渼陂的士女之盛。

〔**彩笔昔曾干气象**〕传说梁朝诗人江淹梦见郭璞叫他归还彩笔（五色笔），自后诗无美句，时人以为才尽。杜甫这里以江淹自比。干气象，说笔凌山水的气象，指《渼陂行》等诗。

〔**白头今望苦低垂**〕白头与前面"同学少年"相照应。"今望"与"昔曾"相对，一本作吟望，是误字。"望"字与前面第二首"每依北斗望京华"的"望"字相应。苦低垂，苦苦低下，尽量低下，则不能望了，可说是声泪俱尽而终篇。

登 高

杜甫

风急天高猿啸哀，

渚清沙白鸟飞回。

无边落木萧萧下，

不尽长江滚滚来。

万里悲秋常作客，

百年多病独登台。

艰难苦恨繁霜鬓，

潦倒新停浊酒杯。

‖ 题 解 ‖

《续齐谐志》载东汉桓景从费长房学，长房对他说：九月九日，汝南将有大灾，速叫家人缝囊装入茱萸系在臂上，登山饮菊花酒，这祸可免。桓景如言全家登山，夜晚回家，见鸡犬牛羊都暴死。后世人九日登高饮酒本此。这诗是大历二年（767 年）夔州作。

‖ 注 释 ‖

〔**猿啸哀**〕参前李白《早发白帝城》诗注。说猿啼声悲哀。

〔**渚清沙白**〕渚，水中小洲，音煮。清，说水清澈。沙本灰色，水清则远望觉沙白。

〔**无边落木萧萧下**〕落木，落叶。无边，形容很多。萧萧，风吹树叶的声音。

〔**滚滚**〕波流的样子。以上四句写登高所见之景。

〔**悲秋**〕参前《咏怀古迹五首》第二首注。

〔**百年多病独登台**〕百年，指人生一世。登台，犹言登高。

〔**艰难苦恨繁霜鬓**〕承上"常作客"句说，苦恨，非常悲恨，繁霜鬓，耳边白发很多。鬓，音摈。

〔**潦倒新停浊酒杯**〕潦倒，衰老不得志。潦音劳。登高自应饮酒，因衰老多病，新近停止了。浊酒，即浊醪，汁滓相将的酒。以上四句写登高所感。

白帝城最高楼

杜甫

城尖径仄旌旆愁，

独立缥缈之飞楼。

峡坼云霾龙虎卧，

江清日抱鼋鼍游。

扶桑西枝对断石，

弱水东影随长流。

杖藜叹世者谁子，

泣血迸空回白头。

‖ 题 解 ‖

郦道元《水经注》说："白帝山城，西南临大江，窥之眩目。"最高楼当指白帝城楼。这首诗是古调拗体七律，王士祯所谓"苍莽历落中，自成音节"。这诗是大历元年（766 年）夔州作。

‖ 注 释 ‖

〔城尖径仄旌旆愁〕城尖，城角。径，小路。旆，大旗，音沛。城高风急，旌旗易仆倒，所以说旌旆愁。当时可能守城戒严，结句所以说"叹世""泣血"。

〔独立缥缈之飞楼〕缥缈，若有若无，形容高远。因为古调拗律是歌行变体，可用之字。飞楼，形容极高。

〔峡坼云霾龙虎卧二句〕这是近景。平视山峡坼裂之处，云气苍茫，山水盘拏，似见龙蟠虎卧。日照清江，波荡滩石，有似鼋鼍游水。坼，音拆，裂开。霾，音埋，大风阴晦。鼋，音元，大鳖。鼍，音驼。鼍龙，又叫猪婆龙。

〔扶桑西枝对断石二句〕这是远景。扶桑，大木，神话说旸谷上有扶桑，十日所浴之处。一说在碧海中，树长数千丈。弱水在甘肃张掖北。城楼东望可见扶桑西枝，西望可见弱水东来，日影在水，这是夸张想象的写法，表现城楼最高。

〔**杖藜叹世者谁子**〕藜，音黎，一年生草本，茎坚老的可以作杖。谁子，哪个人，杜甫不说自己，故意这样问，表现更深刻。

〔**泣血迸空回白头**〕泣血，悲极流出血泪。迸空，眼泪夺眶而出，散到空中。回白头，因惊城楼极险而回头。按杜甫至德年间陷贼中时早已白发。

观公孙大娘弟子舞剑器行　并序

杜甫

　　大历二年十月十九日，夔府别驾元持宅见临颍李十二娘舞剑器，壮其蔚跋。问其所师，曰："余公孙大娘弟子也。"开元五载，余尚童稚，记于郾城观公孙氏，舞剑器浑脱，浏漓顿挫，独出冠时。自高头宜春、梨园二伎坊内人，泊外供奉（舞女），晓是舞者，圣文神武皇帝初，公孙一人而已。玉貌锦衣，况余白首，今兹弟子，亦非盛颜。既辨其由来，知波澜莫二。抚事慷慨，聊为《剑器行》。昔者吴人张旭，善草书书帖，数常于郇县见公孙大娘舞西河剑器，自此草书长进，豪荡感激，即公孙可知矣。

昔有佳人公孙氏，一舞剑器动四方。

观者如山色沮丧，天地为之久低昂。

㸌如羿射九日落，矫如群帝骖龙翔。

来如雷霆收震怒，罢如江海凝清光。

绛唇珠袖两寂寞，晚有弟子传芬芳。

临颍美人在白帝，妙舞此曲神扬扬。

与余问答既有以，感时抚事增惋伤。

先帝侍女八千人，公孙剑器初第一。

五十年间似反掌，风尘澒洞昏王室。

梨园弟子散如烟，女乐余姿映寒日。

金粟堆南木已拱，瞿唐石城草萧瑟。

玳筵急管曲复终，乐极哀来月东出。

老夫不知其所往，足茧荒山转愁疾。

|| 题　解 |

　　"剑器"是武舞曲名；"浑脱"本是唐朝长孙无忌用乌羊毛做的毡帽，称为"赵公浑脱"，后来演为舞曲，也叫"浑脱"。合称为"剑器浑脱"。陈旸《乐书》说唐自则天末年，剑器入浑脱，为犯声之始，剑器宫调，浑脱商调，所以称犯声。舞者手中持剑（舞器），表现出一种威武勇健的战斗精神。长孙无

忌本为拓跋氏，祖先仕于北魏，是鲜卑人，剑器浑脱可能也是少数民族的舞曲，至少受有鲜卑人的影响。行是歌行。

‖注　释‖

〔**别驾元持宅**〕"别驾"为刺史的佐吏。元持，夔州别驾的姓名。

〔**临颍**〕今河南临颍县，在郾城县北。

〔**壮其蔚跂**〕壮，赞美。蔚跂，光彩蔚然，举足凌厉。音尉起。

〔**浏漓顿挫**〕形容舞伎妍妙。

〔**独出冠时**〕独出，特出。冠时，冠绝于当时。

〔**自高头宜春、梨园二伎坊内人**〕高头疑即前头，说常在皇帝前头。伎女入宜春院叫内人。伎坊即教坊，是管理、教习宫廷音乐歌舞的官署。蓬莱宫置教坊，玄宗自教法曲，叫作梨园弟子。内外教坊人数将近两千，梨园三百员。

〔**洎外供奉（舞女）**〕"舞女"二字据《文苑英华》补。洎，及，音记。外供奉舞女，指杂应官伎。

〔**晓是舞者**〕晓，通晓。是舞，此舞，指剑器浑脱。

〔**圣文神武皇帝初**〕圣文神武皇帝，指玄宗，初，即位之初。

083

〔**玉貌锦衣**〕貌美如玉，身着锦绣之衣。

〔**况余白首三句**〕这由公孙大娘的玉貌写到自己的白头，加上"今兹弟子，亦非盛颜"，说李十二娘也不年轻了，即诗中的"五十年间似反掌"，形容时光迅速，公孙大娘的死去意在言外，留到诗中去写明。

〔**波澜莫二**〕"波澜"也指舞伎，即前面说的"浏漓顿挫"。莫二，没有两样。

〔**抚事慷慨**〕抚事，抚思其事。慷慨，感慨激昂。

〔**聊为**〕姑且写作。

〔**往者吴人张旭，善草书书帖**〕往者，昔者，从前。张旭长于草书，杜甫在《饮中八仙歌》中曾用"草圣"称他（东汉张芝也被韦仲将称为"草圣"）。书帖，字帖，代人临摹。

〔**数常于邺县见公孙大娘舞西河剑器**〕数，屡次。音朔。邺县，今河南安阳。西河剑器为唐朝教坊曲名。西河也在安阳，疑公孙或为邺县人。陈寅恪以为：西河疑即河西或河湟之异称，此伎实际出于西胡。恐不尽然。又郑处诲《明皇杂录》说：公孙大娘还能为《邻里曲》《裴将军满堂势》。而以剑器浑脱为最著名。

〔**自此草书长进**〕张旭说他见公主担夫争路而得笔法之意，后见公孙大娘舞剑器而得其神。

〔豪荡感激〕豪放激昂。说张旭的书法和气概。张旭好饮酒，醉后常号呼狂走，索笔挥洒，变化无穷。

〔即公孙可知矣〕"即"与"则"通。说张旭这样，则公孙大娘的舞伎和为人可知了，意思说同样或更为高妙、同样或更为豪迈。

〔动四方〕四方，东西南北。动，风动，震动。

〔观者如山色沮丧〕如山，形容观者之多。色沮丧，面容失色。沮，音咀。

〔天地为之久低昂〕天因之变低，地因之变高，形容观众目眩，如天旋地转。

〔㸌如羿射九日落〕㸌音霍，闪灼。羿音艺。羿是中国古代神话传说中的英雄。说在唐尧时，天空出现十个太阳，禾稼草木焦死，民食无着。尧叫羿射下九个太阳，人民很高兴。这句比喻公孙大娘舞蹈时下降的姿态。

〔矫如群帝骖龙翔〕群帝，众神。骖龙翔，驾着飞龙而行。这句比喻她上升的姿态。傅玄《却东西门行》："进如翔鸾飞。"也写舞。

〔来如雷霆收震怒〕她忽然而来，好象震怒的急雷，雷过余响还在。一说写鼓声。

〔罢如江海凝清光〕陡然舞停，好象江海无波，被秋月的清光凝照着。一说写剑光。以上八句写公孙大娘善舞。

〔绛唇珠袖两寂寞〕绛唇，红唇（唇、唇同），指人。珠袖，以珠饰袖，指舞。两寂寞，指人与舞都亡。

〔传芬芳〕傅毅《舞赋》："顺微风，挥若芳。"李善注："若，杜也，美人佩以为芳香也。"传芬芳，传舞技。

〔临颍美人在白帝〕临颍美人，即李十二娘。白帝，白帝城。

〔神扬扬〕意气扬扬自得。

〔有以〕有故。序文已详，诗里就略。

〔感时抚事增惋伤〕感时，感慨时局。"抚事"见上。惋伤，惋惜伤悲。以上六句见李十二娘舞而感怀。

〔先帝侍女八千人二句〕八千人包括序文说的宜春、梨园二伎坊内人和外供奉舞女。"先帝"称玄宗。初，当初。

〔五十年间似反掌〕从玄宗开元五年（717年）杜甫观公孙舞剑器到代宗大历二年（767年），为五十年。反掌，反手，形容岁月易过。

〔风尘澒洞昏王室〕风尘见前《野望》诗注。澒洞，同鸿洞，混乱的样子。昏，暗。"王室"指朝廷。这句说战争使朝廷昏暗不振。

〔梨园弟子散如烟〕散如烟，说烟消云散。因安史之乱，京城乐工多流落江南。

〔**女乐余姿映寒日**〕"女乐"指李十二娘。傅玄《却东西门行》："倾亚有余姿。""余姿"指最后的舞姿。映寒日，被寒冬日光所照映。以上六句写朝廷盛衰，即"感时抚事"。

〔**金粟堆南木已拱**〕玄宗的泰陵在蒲城东北金粟山。木已拱，墓上的树已合抱。按：玄宗死于宝应元年（762年），广德元年（763年）葬泰陵，至此已四年余。

〔**瞿唐石城草萧瑟**〕瞿唐石城，即白帝城，近瞿塘峡。草萧瑟，说岁暮，见前《咏怀古迹五首》第二首"摇落"句注。

〔**玳筵急管曲复终二句**〕写元持宅观舞剑器。玳筵，说筵席之美，称玳（玳瑁），珍之之辞，犹言琼筵。鲍照《代自纻曲》："催弦急管为君舞。""管"指箫笛等。乐极哀来，因感时抚事的缘故。月东出，已至夜晚，应上"寒日"说。

〔**老夫不知其所往二句**〕老夫，杜甫自称。两句写临去而不忍去。足茧，说足生胼胝，行走迟慢，今反愁其疾速，依依不舍。"疾"一作"寂"。以上六句当席有感于聚散的不常。

送李少府贬峡中王少府贬长沙

高适

嗟君此别意何如，

驻马衔杯问谪居。

巫峡啼猿数行泪，

衡阳归雁几封书。

青枫江上秋帆远，

白帝城边古木疏。

圣代即今多雨露，

暂时分手莫踌躇。

‖ 作者简介 ‖

高适，字达夫，我国盛唐时代的著名诗人。渤海蓨县（今河北景县）人。约生于唐武后长安四年（704年）。玄宗开元年间，曾在梁宋（今河南商丘）一带耕种过活。又到过燕赵和蓟北（今河北省地）。天宝三年（744年）和李白、杜甫等同游梁宋。他又南游楚地。又到过鲁郡和东平郡（今山东省地）。写了一些杰出的边塞诗和反映社会生活的诗。又到齐郡游大明湖（今山东济南）。天宝八年（749年），到长安应有道科中第，任封邱（今河南封邱）县尉。天宝十一年（752年），在河西节度哥舒翰幕中掌书记，边塞诗写得更多。天宝十四年（755年）安禄山反叛后，玄宗以高适为左拾遗，转监察御史，佐太子先锋兵马元帅哥舒翰守潼关。后擢为侍御史、谏议大夫。永王璘起兵，肃宗任他为淮南节度使，后降为太子少詹事，又出为彭、蜀二州刺史，后为西川节度使。代宗广德二年（764年）召回高适，做刑部侍郎，转左散骑常侍，封渤海县侯。永泰元年（765年）病故。

‖ 题　解 ‖

唐人称县尉为少府。峡中指夔州，在今重庆奉节县。

唐朝仕宦重内轻外，因事贬官大多到州县任职。这是一首赠别的诗。

‖ 注 释 ‖

〔嗟君此别意何如〕嗟，叹声。意何如，问李、王两人对此番分别即外贬之意如何。

〔驻马衔杯问谪居〕驻马，停止不行。衔杯，含杯，指饮酒。谪居，贬官。

〔巫峡啼猿数行泪二句〕景中有情。上句写李贬峡中，参前李白《早发白帝城》诗注。下句写王贬长沙。衡阳在长沙南，那里有回雁峰，传说雁至此不过，遇春而回。雁足系书是汉朝苏武属下假吏常惠教使者对匈奴单于说，汉帝在上林苑射雁，雁足有帛书说苏武在某泽中。这里用来说长沙虽然道远，但可以寄递书信。

〔青枫江上秋天远二句〕青枫江在长沙附近。这两句写景，很开阔。"白帝城"见前李白《早发白帝城》诗注。

〔圣代即今多雨露〕"圣代"指唐朝。"多雨露"比喻皇恩普施。

〔踟蹰〕驻足，犹豫。音愁除。

奉和杜相公发益昌

岑参

相国临戎别帝京，

拥旄持节远横行。

朝登剑阁云随马，

夜渡巴江雨洗兵。

山花万朵迎征盖，

川柳千条拂去旌。

暂到蜀城应计日，

须知明主待持衡。

‖ 作者简介 ‖

岑参，我国盛唐时代的著名诗人。生于玄宗开元四年（716 年）。祖籍南阳，生地当在仙州（今河南叶县）。曾祖文本、伯祖长倩、伯父羲，都官至宰相，父亲做过州刺史。岑参幼年丧父，曾经遍览史籍，尤其长于为文。天宝三年（744 年）进士及第，为右内率府兵曹参军。八年（749 年）到安西（今新疆吐鲁番），在节度使高仙芝幕中掌书记。十年（751 年）回到长安。次年与诗人高适、杜甫、储光羲等同游。天宝十三年（754 年），安西北庭节度使封常清表为大理评事，摄监察御史，充安西北庭节度判官，便到了北庭（今新疆吉木萨尔），后升任伊西北庭支度副使。这段时期写了很多精彩的边塞诗。后人将他和高适并称为"高岑"。肃宗至德二年（757 年）岑参回朝任右补阙，改起居舍人，出为虢州长史。代宗时为祠部、考功员外郎，转虞部、库部郎中。永泰元年（765 年）被任命为嘉州刺史。大历元年（766 年）杜鸿渐为山南西道剑南东西川等道副元帅平蜀乱，岑参为职方郎中兼侍御史，在成都杜的幕中住了一年，大历二年（767 年）到嘉州。后罢官东归不成，在成都旅居一年多，大历五年（770 年）病逝于成都旅舍。年 55 岁。

‖ 题 解 ‖

杜相公即鸿渐。他因劝肃宗在灵武即位，以功迁武部侍郎、河西节度使、荆南节度使等职，代宗广德二年（764年）拜兵部侍郎同中书门下平章事，转中书侍郎。永泰元年（765年）十月，剑南西川兵马使崔旰杀节度使郭英乂，自称留后，邛州牙将柏贞节、泸州牙将杨子琳等讨旰，西蜀大乱。大历元年（766年）春，命鸿渐以宰相兼副元帅平定蜀乱。这首诗即其时所作。杜到成都后上表以剑南节制让于崔旰，次年代宗以旰为剑南西川节度使，召鸿渐还京，为门下侍郎，同中书门下平章事。不久病死。益昌，唐利州益昌郡有益昌县，今四川昭化县。杜鸿渐原诗已失传，仅此诗与郎士元《和杜相公益昌路作》尚存。

‖ 注 释 ‖

〔**相国临戎别帝京**〕相国，本秦汉官名。后改为丞相。这里称杜鸿渐。临戎，监临军旅。帝京，长安。

〔**拥旄持节远横行**〕旄，音毛，旄幢，旌旗。节，符节。时杜为副元帅，兼剑南西川节度使，所以说拥旄持节。横行，说遍行天下。

〔**朝登剑阁云随马**〕《水经注》卷二十："清水又东南迳小剑戍北，西去大剑三十里，连山绝险，飞阁通衢，故谓之剑阁。"云随马，写马行山路之速。

〔**夜渡巴江雨洗兵**〕巴江，指嘉陵江。昭化有白水江，剑阁有闻溪水，均东南流入嘉陵江。周武王伐纣，骤遇大雨，武王说："天洗兵也。"兵，说兵器。

〔**征盖**〕征，行。盖，车盖。

〔**去旌**〕去，离去。旌，析羽五彩系于旗杆头。两句写蜀道花草迎拂行车和离去的旌旗，既切春时，又表现了蜀民对朝廷伐叛的拥戴。

〔**暂到蜀城应计日**〕蜀城，指成都。《旧唐书·地理志》："张仪平蜀后，自赤里街移治于少城，今州城是也。是蜀城张仪所筑。"计日，计算日子，说很快定乱。

〔**明主待持衡**〕明主称唐代宗。持衡，衡即称，使轻重得其平，指执政而言。意思说代宗等待杜鸿渐平乱后去主持朝政。

幸蜀西至剑门

唐玄宗

剑阁横云峻，

銮舆出狩回。

翠屏千仞合，

丹嶂五丁开。

灌木萦旗转，

仙云拂马来。

乘时方在德，

嗟尔勒铭才。

‖ 作者简介 ‖

唐玄宗，姓李，名隆基，睿宗李旦的儿子。初封楚王，后为临淄郡王。景云元年（710 年），韦后杀中宗，临朝摄政。隆基与刘幽求、钟绍京、葛福顺、李仙凫等起兵，杀韦后，少帝进封他为平王，殿中监、同中书门下三品。睿宗即位后，立为太子，先天元年（712 年）传位于他。玄宗励精政事，海内殷富，三十年间，称为“开元之治”。天宝以后，渐事奢靡，任用蕃将，致酿成安禄山之乱。天宝十五年（756 年），潼关陷落，京城危急，玄宗仓皇出走，到蜀郡（今四川成都），太子即位灵武（今宁夏回族自治区灵武县），是为肃宗。至德二年（757 年）肃宗收复长安，上皇（即隆基）十二月还京。宝应元年（762 年）病死。

‖ 题　解 ‖

这是玄宗于至德二年（757 年）冬还京过剑门时所作，因为诗里说“銮舆出狩回”，不是初至蜀的时候。皇帝行到叫“幸”。蜀在长安西南，所以称为“蜀西”。

‖ 注　释 ‖

〔**剑阁横云峻**〕"剑阁"见前首注。横云，山云横布。峻，高。

〔**銮舆出狩回**〕銮舆，皇帝的车驾，銮音栾。出狩，皇帝到诸侯国（地方）去叫"巡狩"，巡视所守之土。

〔**翠屏千仞合**〕翠屏，山色苍翠，其形如屏。仞，七尺，一说为八尺。千仞，形容极高。合，说连山相接如屏合。张载《剑阁铭》说："是曰剑阁，壁立千仞。"

〔**丹嶂五丁开**〕嶂，高险的山。丹，红色。五丁开，传说秦惠文王想伐蜀，因不识路，便作五条石牛，置黄金于下，说牛所便，蜀王叫五丁（力士）去牵牛，得成道路。

〔**灌木萦旗转二句**〕灌木，丛生的低小树木，主干不明。萦，萦绕。上句见林木多阻，下句见山路高绝。下句"仙云"与首句"横云"重"云"字，于律诗不宜。明曹学佺《蜀中名胜记》卷二十六录这诗，首句作"横空峻"，不知何据。

〔**乘时方在德**〕乘时，因时。《汉书·韩安国传》："凤鸟乘于风，圣人因于时。"张载《剑阁铭》："兴实在德，险亦难恃。"乘时即兴。方，当。

〔**嗟尔勒铭才**〕晋朝张载父收，为蜀郡太守，载随父入蜀，作《剑阁铭》，益州刺史张敏见而奇其文，便上表录呈，武帝遣使镌石记之。铭文最后说："凭阻作昏，鲜不败绩，公孙既没，刘氏衔璧。覆车之轨，无或重迹，勒铭山阿，敢告梁益。"嗟，嗟叹。勒铭，刻铭于石，勒音肋。尔，称长载。才，文才。载与弟协、亢，都能文，称"三张"。

杜少府之任蜀州

王勃

城阙辅三秦，

风烟望五津。

与君离别意，

同是宦游人。

海内存知己，

天涯若比邻。

无为在歧路，

儿女共沾巾。

‖ 作者简介 ‖

　　王勃，字子安，我国初唐时代杰出的文学家和诗人。绛州龙门（今山西河津西）人。生于太宗贞观二十三年（649 年）。6 岁善文辞，未到 20 岁应举及第，授朝散郎。沛王召为王府修撰，诸王斗鸡，戏为檄英王鸡文，高宗怒斥王勃，不准入府。后补虢州（今河南灵宝南）参军。官奴曹达犯罪，王勃把他藏起来，后又怕事情泄露，竟杀达以塞口。因这事当诛王勃，遇赦除名。勃父福畤本为雍州（即京兆府）司户参军，因勃案降职交趾（今越南北部）令，勃渡南海去省亲，堕水而死，时为上元三年（676 年），年仅 28 岁。他和杨炯、卢照邻、骆宾王齐名，称"王杨卢骆"，号"初唐四杰"。

‖ 题　解 ‖

　　少府称县尉。之任，赴任。据《文苑英华》题当作《送杜少府之任蜀川》。按：蜀州是垂拱二年（686 年）分益州四县所置，那时王勃已死，作蜀川为是。《华阳国志·蜀志》："蜀川人称郫、繁曰膏腴，绵洛为浸沃。"顾野王《舆地志》："后汉安帝置益州、广汉、嘉州，是为三蜀。嘉州

见在川中，故名蜀川。"（蜀州治所在今四川崇州市）

‖ 注　释 ‖

〔**城阙辅三秦**〕城阙，称帝王所居之处，指长安宫阙说。三秦，项羽入关后，分关中地为三，立秦降将章邯为雍王、司马欣为塞王、董翳为翟王。辅，畿辅，国都附近（辅助）之地。这句写送别之地。

〔**风烟望五津**〕据《华阳国志·蜀志》：岷江自灌县湔堰下流到犍为有五个渡口，即白华津、万里津、江首津、涉头津、江南津。风烟，指江上烟波。这句写蜀川。

〔**同是宦游人**〕宦游，因仕宦而出游。宦，音患。以上四句写题意已完。

〔**海内存知己二句**〕这是脍炙人口的名句。海内，四海之内。知己，知我，指交谊深厚的人。天涯，天边，指蜀川遥远之处。比邻，相近的邻里。

〔**无为在歧路二句**〕说不要在分歧的路上，像儿女般一道哭泣。以上四句慰别。

成都曲

张籍

锦江近西烟水绿，

新雨山头荔枝熟。

万里桥边多酒家，

游人爱向谁家宿？

‖ 作者简介 ‖

张籍,字文昌,我国中唐时代的诗人,长于乐府,多警句,和王建齐名。生于代宗大历初年,死于文宗大和初年(闻一多《唐诗大系》定为 768—830 年)。他是和州乌江(今安徽和县)人。德宗贞元(785 年)时中进士,授太常寺太祝,迁秘书郎。韩愈荐为国子博士,历官水部员外郎、主客郎中,终于国子司业。他曾经到过成都。

‖ 题 解 ‖

这是一首平仄不拘的七言绝句,是乐府体,所以用乐府诗题。

‖ 注 释 ‖

〔锦江近西烟水绿两句〕锦江,由郫县东流到成都城东南,与郫江合(晚唐高骈任西川节度使时郫江改由城北绕过)。近西,指今南郊。烟水,烟波。唐时蜀中所产荔枝以泸州、戎州(今宜宾)的为最好,成都也有。山头,指负城丘陵,高骈时才完全垦平。这两句写成都南郊的景色。张籍另有一首《送蜀客》诗,其中说"木绵花发锦江西",

103

写得也很幽美。

〔**万里桥边多酒家**〕"万里桥"见前杜甫《野望》诗注。
酒家，卖酒人家。

〔**游人爱向谁家宿**〕唐时酒家可以留宿。这句意即哪个
酒家酒好而又招待殷勤。

松滋渡望峡中

刘禹锡

渡头轻雨洒寒梅，

云际溶溶雪水来。

梦渚草长迷楚望，

夷陵土黑有秦灰。

巴人泪应猿声落，

蜀客船从鸟道回。

十二碧峰何处所，

永安宫外是荒台。

‖作者简介‖

　　刘禹锡，字梦得，我国中唐时代杰出的诗人，长于近体诗，他的竹枝词尤为有名。他是洛阳人（中山是郡望）。生于代宗大历七年（772年）。德宗时中进士第，授太子校书，调渭南主簿，迁监察御史。顺宗时，王叔文用事，转屯田员外郎，判度支盐铁案。王叔文失败，禹锡贬连州（今广东连县）刺史，再贬朗州（今湖南常德）司马。元和十年（815年）召回长安，因作《玄都观赠看花诸君子》诗，再出为连州刺史，徙夔州（今重庆奉节）、和州（今安徽和县）刺史。文宗大和元年（827年），为主客郎中，分司东都，二年为主客郎中到长安，三年除礼部郎中、集贤殿学士。五年，出为苏州刺史，后徙汝州（今河南临汝）、同州（今陕西大荔）刺史，开成元年（836年）迁太子宾客分司东都，武宗会昌元年（841年）加检校礼部尚书，兼太子宾客。二年（842年）去世。

‖题　解‖

　　松滋渡，在今湖北松滋县西北，松滋河入长江处，其地距峡州下牢关三峡尽处（今湖北宜昌西）已不远，可以眺望。这首诗是穆宗长庆二年（822 年）年初刘禹锡转夔州刺史赴任时所作。

‖ 注 释 ‖

〔**云际溶溶雪水来**〕云际，形容长江水从天空高处流下。溶溶，水波广大的样子。雪水，长江支流岷江上源自雪岭而来。

〔**梦渚草长迷楚望**〕梦渚，称云梦泽，楚地大湖。草长，草深茂。迷，暗遮。楚望，指楚国的山川。颜延之《始安郡还都与张湘州登巴陵城作》："江汉分楚望，衡巫奠南服，三湘沦洞庭，七泽蔼荆牧。"楚望出自《左传·哀公六年》楚昭王说的"祭不越望，江汉睢章（漳），楚之望也"。本是说的山川祭。"七泽"即包括云梦泽，都在楚地，见司马相如《子虚赋》。"蔼荆牧"的"蔼"即草深，荆牧，楚地名。用"楚望"来和"秦灰"相偶，是实对。刘禹锡在朗州作的《楚望赋》说："万景全（并）入，因道其远迩所得。"写的也是楚地的山川景物。

〔**夷陵土黑有秦灰**〕夷陵在陕州，今宜昌东，战国楚顷襄王时，白起攻下郢都，焚烧夷陵（楚先王墓地），故说"土黑有秦灰"。以上两句写松滋渡，有感于楚国的衰亡。

〔**巴人泪应猿声落**〕见前李白《早发白帝城》诗注。"泪应"的"应"读去声，说泪随猿声而落。一本作泪尽，不当。

〔**蜀客船从鸟道回**〕蜀客，客游蜀地的人。鸟道，见前李白《蜀道难》诗注。以上这两句写远望峡中。刘禹锡连年任远州刺史、司马，今又将到艰险地区，故借巴人泪落、鸟道等以表现自己的心情。

〔**十二碧峰何处所**〕巫山有十二峰，神女峰最为纤丽奇峭，峰下有神女庙。何处所，哪个地方。这句说十二峰不可望见，言下的意思是楚国的遗迹难寻。

〔**永安宫外是荒台**〕荒台指阳台，见前杜甫《咏怀古迹五首》第二首注。"永安宫"见同诗第四首注。这两句紧接上面写峡中的两句，也是慨叹楚事，带写刘备死后蜀之衰亡。

酬乐天扬州初逢席上见赠

刘禹锡

巴山楚水凄凉地，

二十三年弃置身。

怀旧空吟闻笛赋，

到乡翻似烂柯人。

沉舟侧畔千帆过，

病树前头万木春。

今日听君歌一曲，

暂凭杯酒长精神。

‖ 题 解 ‖

敬宗宝历二年（826 年）冬，刘禹锡罢和州刺史，回洛阳，白居易也因病免苏州刺史回洛阳，二人在扬州相遇，白居易在酒席上写了《醉赠刘二十八使君》诗，对刘禹锡外贬23 年表示同情，说是"亦知合被才名误，二十三年折太多"，刘禹锡便写了这诗酬答。见赠，被赠，赠及。

‖ 注 释 ‖

〔巴水楚水〕大巴山跨陕西东南和川东北，东接三峡。楚水，指长江东流经归、峡等州至和州，以及洞庭湖滨的朗州等，都属于楚地。

〔弃置〕抛弃放置，说不用。

〔怀旧空吟闻笛赋〕晋朝向秀与嵇康、吕安为友，嵇、吕二人死后，向秀经过嵇康旧居，听到邻人吹笛，发声嘹亮，感慨昔游，作《思旧赋》，这里刘禹锡以向秀自比，说旧交如柳宗元等都已死去，自己也只能空吟怀旧的诗赋了。刘禹锡有《重至衡阳伤柳仪曹》诗，当即指此。这句是对白居易原诗第三句"诗称国手徒为尔"写的。

〔到乡翻似烂柯人〕据《述异记》，传说晋朝王质入山砍柴，见二童子下棋，局终，童子对王质说：你的斧柄烂了。王质归乡，已百岁。柯，斧柄。这句说自己贬谪年久，回乡后不知世事如何。这是对白居易原诗第四句"命压人头不奈何"写的。按《四部丛刊》影印日本崇兰馆藏宋本《刘梦得文集》作"到郡"，较佳，"郡"即指扬州，本广陵郡。刘熙《释名·释州国》："郡，群也，人所群聚也。"按之群、裙等字，自亦可读平声。

〔沉舟侧畔千帆过二句〕"沉舟"、"病树"是刘禹锡自比，"千帆"、"万木"比喻别人，说他们都已像轻舟超过自己，像春树在面前欣欣向荣了。这是酬和白居易诗的"举眼风光长寂寞，满朝官职独蹉跎"的。这两句是脍炙人口的名句，语极优美，最为白居易所称赏。

〔歌一曲〕歌，吟诗。一曲，即指白居易《醉赠刘二十八使君》一诗。

〔暂凭杯酒长精神〕白居易的诗开头说："为我引杯添酒饮。"答诗放在最后写这句。原诗的开头两句却放到最后去酬和了。这样变化比逐联应答活泼一些。

111

竹枝词二首

白居易

瞿塘峡口水烟低，
白帝城头月向西。
唱到竹枝声咽处，
寒猿闇鸟一时啼。
巴东船舫上巴西，
波面风生雨脚齐。
水蓼冷花红簇簇，
江蓠湿叶碧凄凄。

‖ 作者简介 ‖

　　白居易，字乐天，我国唐代伟大的现实主义诗人。他在唐代诗歌史上的地位，仅次于李白和杜甫，当时的人曾将他和同时的诗人元稹合称为"元白"，又将他和同时的另一诗人刘禹锡合称为"刘白"，而实际元稹、刘禹锡在诗歌创作上的成就都不如他。他的讽谕诗反映社会现实，最为可取。歌行《长恨歌》《琵琶行》也为人所广泛传诵。他生于代宗大历七年（772年）。祖籍太原，实生于郑州新郑（今河南新郑）。5岁时学作诗，9岁识声韵。德宗时中进士第，补校书郎。宪宗时调盩厔（今陕西周至）尉，为集贤校理，召为翰林学士，迁左拾遗，拜赞善大夫，因上疏请捕刺武元衡贼，贬江州（今江西九江）司马，后徙忠州（今重庆忠县）刺史。穆宗时为主客郎中，知制诰，历杭、苏二州刺史。文宗时迁刑部侍郎，改太子少傅。武宗时以刑部尚书致仕（退休），会昌六年（846年）病故。白居易创作丰富，今存诗凡2800多首。

‖ 题　解 ‖

　　乐府近代曲辞有《竹枝》，本巴渝民歌。刘禹锡长庆年

间在夔府时，根据民歌改作新词，歌咏峡内风光和男女恋
情，盛传于世。白居易这两首《竹枝》写于元和十四、五
年做忠州刺史时，稍前于刘作一二年。又白的诗说："江畔
谁人唱竹枝，前声断咽后声迟，怪来调苦缘词苦，多是通
州司马诗。"（《竹枝词四首》之四）"通州司马"指元稹，
元稹贬通州的时间为元和十年（815年）至十三年（818
年），又前于白居易在忠州时，又顾况有《竹枝曲》，时间
更应前于元稹。其实，杜甫的某些拗体七绝已经开了先声。

‖ 注　释 ‖

〔声咽处〕咽，呜咽，音噎。声咽处，说声音悲咽的
地方。

〔闇鸟〕指夜中的鸟。

〔巴东船舫上巴西〕舫，音放，两船相并。巴东、巴
西，隋郡名，唐朝改为夔州（今重庆奉节）、阆州（今四川
阆中）。

〔水蓼冷花红簇簇〕水蓼，一年生草本，夏秋开红色小
花。簇簇，攒聚的样子。簇音族。

〔江蓠〕香草名，即川芎。茎叶细嫩时叫蘼芜，叶大时
叫江蓠。

马　嵬（其二）

李商隐

海外徒闻更九州，

他生未卜此生休。

空闻虎旅传宵柝，

无复鸡人报晓筹。

此日六军同驻马，

当时七夕笑牵牛。

如何四纪为天子，

不及卢家有莫愁。

‖作者简介‖

　　李商隐，字义山，我国晚唐时代杰出的诗人。他是怀州河内（今河南沁阳）人，生于宪宗元和六年（811年）。从令狐楚学文，令狐表署巡官。文宗时中进士，调宏农（今河南灵宝）尉。后为河阳节度使王茂元掌书记，娶茂元女，除侍御史。因为茂元与李德裕交好，牛党中人认为他是令狐所栽培，便排斥他。出为桂管观察使郑亚府判官（郑亚也与李德裕交好），回京去见令狐楚的儿子令狐绹（翰林学士，知制诰），令狐绹不肯接待。卢弘正镇徐州，表为掌书记，后还朝，再去见令狐绹（兵部侍郎同平章事），补太学博士。剑南东川节度使柳仲郢辟为判官、检校工部郎中。后北归，宣宗末年死于荥阳（今河南郑州），在世年近50岁。李商隐诗学杜甫等人，反映政治和社会生活较为深入。又创为无题诗，大多是写爱情的，对诗词创作都有一定的影响。他的诗艺术性高，清词丽句，非常动人。

‖题　解‖

　　马嵬，驿名，在京兆府兴平县（今陕西兴平）西二十五里。嵬音为。马嵬本晋人名，在此筑城避难，也叫马嵬城、马嵬堡。天宝十五年（756 年），玄宗出奔于蜀，至马嵬驿，龙武大将军陈玄礼等请玄宗命杨贵妃自缢死。这首诗即写玄宗与杨贵妃事。可能是李商隐在宣宗大中六年（852 年）秋赴东川柳仲郢幕经过马嵬驿时所作。

‖ 注　释 ‖

〔**海外徒闻更九州**〕战国时邹衍说：九州之外复有九州。徒闻，空听人说。据陈鸿《长恨歌传》，贵妃死后，玄宗还京，思念不已。上皇（即玄宗）叫方士致贵妃神魄，天上地下求遍，东过蓬壶见最高仙山，上多楼阁，署玉妃太真院，玉妃出见方士，取金钗钿合，折其半交使者还献上皇。商隐这句诗只说贵妃的神魄难求，未信其事为真。

〔**他生未卜此生休**〕传中还说：使者将行时，请以一件秘事取信于上皇。玉妃说：天宝十年（751 年）秋七月七日夜晚，牵牛织女相见，玄宗有感于其事，与她密誓愿生生世世为夫妇。这里说他生不能预料，而贵妃此生却先完结了，只能到海外去求贵妃的神魄。

〔**空闻虎旅传宵柝**〕《周礼·夏官司马》有虎贲氏、旅贲氏，主宿卫。这里的虎旅是虎贲之旅，说勇猛的军旅。这句说禁军随玄宗西出都门前，夜中击柝之声传出，空使人感到凄凉。柝，音拓。

〔无复鸡人报晓筹〕《周礼·春官宗伯》有鸡人，"夜呼旦以警百官"。王维《和贾至舍人早朝大明宫之作》："绛帻鸡人报晓筹。"报晓筹，报晓的更筹。这句写马嵬无人报晓，暗说京城不再朝见群臣了。

〔此日六军同驻马〕《周礼·夏官司马》：万有二千五百人为军，天子六军。说"六军"因愤慨而"驻马"。即《长恨歌传》说的"次马嵬，六军徘徊，持戟不进"。

〔当时七夕笑牵牛〕当玄宗、贵妃二人凭肩密誓的时候，笑牵牛织女一年一会，不如自己的终年相守。这句与上句相对照，哀乐迥异。两句对仗极工致。

〔如何四纪为天子两句〕十二年为一纪，玄宗在位四十四年，将及四纪。天子，称皇帝。梁武帝《河中之水歌》说："洛阳女儿名莫愁，……十五嫁作卢家妇，十六生儿名阿侯。"今玄宗为皇帝，反不如卢家有妇莫愁，悲叹中对玄宗隐含讽刺。

杜工部蜀中离席

李商隐

人生何处不离群？

世路干戈惜暂分。

雪岭未归天外使，

松州犹驻殿前军。

座中醉客延醒客，

江上晴云杂雨云。

美酒成都堪送老，

当垆仍是卓文君。

‖ 题　解 ‖

　　这诗是拟杜工部（甫）体。语意都同于杜诗（如《送路六侍御入朝》之类）。是宣宗大中六年（852年）李商隐在剑南东川节度使柳仲郢幕中为判官，冬天差赴西川推狱，在成都时所作。

‖ 注　释 ‖

　　〔人生何处不离群二句〕这是反起，曲折顿挫。"离群"本属寻常，但"暂分"而惜别，是因世路崎岖，战乱不已。

　　〔雪岭未归天外使〕雪岭，一名雪栏山，在四川松潘县东三十里，俗呼宝鼎山，积雪终年不化。天外，言其地远，指吐蕃。代宗广德元年（763年），派李之芳等为使臣前往，被吐蕃所留，二年才得归朝。

　　〔松州犹驻殿前军〕松州即今松潘县。殿前军指禁兵。据《玉海》卷一三八：唐肃宗至德二年（757年）置左右神武军。又择便骑射者置衙前射生手千人，又曰殿前射生，分左右厢，号曰"左右英武军"。又：左右龙武、左右神武、左右神策，号"六军"。当时松州紧张，驻军不能撤回。到这年冬天，西山三城陷落。这两句接第二句，说的

"世路干戈"。

〔座中醉客延醒客二句〕这两句写第一句说的"离群"，即题中的"离席"。客醉本可离去了，但还请未醉的饮酒，"晴云"本可登途了，但还杂"雨云"，不妨小留，这也就是"惜暂分"的意思。这两句句法模仿杜甫《闻官军收河南河北》诗的"即从巴峡穿巫峡，便下襄阳向洛阳"。

〔美酒成都堪送老〕杜甫在成都作《江上独步寻花七绝句》："应须美酒送生涯。"《水槛遣心二首》之二："浅把涓涓酒，深凭送此生。"白居易《重题〈香炉峰下草堂〉》诗："司马仍为送老官。"说遣送日月以至老死。

〔当垆仍是卓文君〕西汉司马相如在临邛开一酒店卖酒，卓文君当垆，相如着犊鼻裈（裤）洗涤食具。垆，酒垆。累土为垆，以放酒瓮，四边隆起，其一面高，形如锻铲。这句说打酒的人也像卓文君样貌美。犹如李白《金陵酒肆留别》诗中的"吴姬压酒使客尝"。杜甫《江畔独步寻花七绝句》："谁能载酒开金盏，唤取佳人舞绣筵。"这句句意本此。

武侯庙古柏

李商隐

蜀相阶前柏，

龙蛇捧閟宫。

阴成外江畔，

老向惠陵东。

大树思冯异，

甘棠忆召公。

叶凋湘燕雨，

枝拆海鹏风。

玉垒经纶远，

金刀历数终。

谁将出师表，

一为问昭融。

‖ 题　解 ‖

　　武侯祠在成都南门外。杜甫《蜀相》诗说："丞相祠堂何处寻？锦官城外柏森森。"这诗中有"老向惠陵东"（惠陵在成都），是成都的武侯祠，而不是夔州的。这诗是咏武侯庙古柏树，并有慨于诸葛亮的功业未成。这首五言长律和上首七言律诗都是同时所作，即宣宗大中六年（852年）冬。

‖ 注　释 ‖

　　〔龙蛇捧閟宫〕杜甫《古柏行》："忆昨路绕锦亭东，先主武侯同閟宫。"成都武侯祠在先主庙西。閟，深闭，凡庙皆然，音秘。《古柏行》又说"崔嵬枝干郊原古"，这里用龙蛇形容古柏高耸入云。

　　〔阴成外江畔〕唐朝魏王泰《括地志》："大江一名汶江，一名笮桥水，一名清江，亦名水江，西南自温江县流来。郫江，一名成都江，一名市桥江，亦名中日江，亦曰内江，西北自新繁县界流来。二江并在益州成都县界。"《太平寰宇记》："汶江一名笮桥水，一名流江，亦曰外江，西南自温江县流入。"锦江即汶江、流江，故为外江。（《清

123

一统志》说以成都一城言，流江为内江，郫江为外江，是后起的说法，可能有误。）武侯祠在锦江南岸不远，所以称外江畔成。阴成，柏树成阴，即杜甫说的"柏森森"，以象征诸葛的德业。

〔老向惠陵东〕惠陵，刘备的陵墓。武侯祠在惠陵东。这句表现诸葛亮的忠于刘备，柏树的老干和枝叶向陵东特茂。

〔大树思冯异〕汉光武帝部将冯异，为人谦逊不矜功，见诸将常引车避道，诸将并坐论功，冯异常独坐树下，军中号为"大树将军"。异死后，光武思念其功，更封子彰为东缗侯、彰弟䜣为析乡侯。

〔甘棠忆召公〕周朝召公巡行南国，治政劝农，止舍于甘棠之下，民思其德，故爱其树，而作《甘棠》诗。甘棠，即白棠、棠梨，似梨而小，霜后可食。这两句写诸葛亮武功文论，而归于德高望重。

〔叶凋湘燕雨〕《湘中记》："零陵有石燕，遇风雨则飞舞如燕，止则为石。"柏本常绿不凋，今说叶凋，以写古柏。

〔枝拆海鹏风〕《庄子·逍遥游》："鹏之徙于南溟（海）也，水击三千里，抟扶摇（旋风）而上者九万里。""拆"

124

一作折。这句写古柏的枝为大风吹裂。这和上句是学阴铿、何逊的写法，衬托上两句的。以上八句写柏树。

〔**玉垒经纶远**〕玉垒，山名，在理县东南新保关。一说在灌县（今都江堰市）西北。经纶，用理丝的事比喻规划政治。这句写诸葛亮在蜀深谋远虑。

〔**金刀历数终**〕"刘"字为卯金刀。这句说汉朝（姓刘）的国运完结了。

〔**谁将出师表两句**〕诸葛亮于后主建兴五年（227 年）出师伐魏，临行上表，情词恳切。昭融，上天。两句说谁能拿着《出师表》去为诸葛亮一问上天呢。为，读去声。以上四句对诸葛亮功业未成感慨。

筹笔驿

李商隐

猿鸟犹疑畏简书，
风云常为护储胥。
徒令上将挥神笔，
终见降王走传车。
管乐有才终不忝，
关张无命欲何如？
他年锦里经祠庙，
梁父吟成恨有余。

‖ 题　解 ‖

筹笔驿，在利州绵谷县（今四川广元市）北八十里，今朝天驿北，相传诸葛亮出师，曾在这里驻军，挥笔筹划。这是大中六年（852 年）秋所作。

‖ 注　释 ‖

〔**猿鸟犹疑畏简书**〕猨，同猿。简书，戒命，写于竹简上的军令。古代诸侯有急便遣使执简相告。这里说诸葛这军军令的竹简还使猿鸟惊畏。

〔**风云常为护储胥**〕储胥，木拥、枪累，军中藩篱。这句说"风云"常为诸葛亮护其军中藩篱。以上两句都写诸葛亮威灵还在。

〔**徒令上将挥神笔二句**〕徒令，空使。令读平声。上将，称诸葛亮。降王，指后主刘禅，降读平声，投降。传车，驿站的车，传音转，去声。走，急驰。两句说空叫诸葛亮挥笔筹划，终于看到刘禅投降魏元帝曹奂。

〔**管乐有才终不忝**〕诸葛亮早年每自比于管仲、乐毅。忝音舔。不忝，不辱，说诸葛亮的才终可与二人相比而不辱。

〔**关张无命欲何如**〕关羽、张飞，勇而善战，惜都死去，诸葛亮又将如何？这句言下说不能挽回汉运。

〔**他年锦里经祠庙**〕他年，后年，指未来。锦里，据《华阳国志·蜀志》："蜀郡夷里桥南岸道西城，故锦官也，锦工织锦濯其中则鲜明，濯他江则不好，故命曰锦里。"祠庙即武侯祠，在锦官城外，即锦里西南。

〔**梁父吟成恨有余**〕"梁父吟"见前《登楼》诗注。这句说吟梁父而怀遗恨，恨后主不肖，使诸葛亮遗志不能实现。

筹笔驿

罗隐

抛掷南阳为主忧，

北征东讨尽良筹。

时来天地皆同力，

运去英雄不自由。

千里山河轻孺子，

两朝冠剑恨谯周。

惟余岩下多情水，

犹解年年傍驿流。

‖ 作者简介 ‖

　　罗隐，字昭谏，我国晚唐时代的有名诗人，其诗以近体为主。余杭（今浙江余杭）人。生于文宗大和七年（833年），死于后梁太祖开平三年（909年）。本名横，十次应举不中第，便改名。后投钱镠，为镇海军掌书记，迁节度判官、盐铁发运副使、著作佐郎、司勋郎中，终于给事中。他曾经到过蜀中，大概是应试不中，来节度使幕中干谒的。

‖ 注　释 ‖

　　〔抛掷南阳为主忧〕诸葛亮家于南阳邓县，在襄阳城西二十里，号为隆中。抛掷，抛去。说为先主之忧而离开南阳。

　　〔北征东讨尽良筹〕北征，征魏。东讨，讨吴。尽良筹，都是良谋。按：东讨是刘备之意。

　　〔时来天地皆同力二句〕李商隐《咏史》诗说："运去不逢青海马，力穷难拔蜀山蛇。"与下句同意。不自由，不由自己。

　　〔千里山河轻孺子〕轻孺子，为孺子所轻。孺子，指后主刘禅，是说他不孝（这时他已 40 多岁）。"轻"是说他不重视先主所开辟的江山。

〔**两朝冠剑恨谯周**〕两朝，先主和后主两朝。冠剑，冠带剑佩，指文臣武将。谯周，巴西西充国（今四川西充）人，诸葛亮为益州牧，谯周为劝学从事，诸葛亮死后，他急忙奔丧，蒋琬仍然用他。后为太子家令、光禄大夫，主张降魏，魏封为阳城亭侯。谯，音樵。恨，恨其主降使蜀亡国。

〔**犹解**〕还懂得。

魏城逢故人

罗隐

一年两度锦江游，

前值东风后值秋。

芳草有情皆碍马，

好云无处不遮楼。

山将别恨和心断，

水带离声入梦流。

今日因君试回首，

澹烟乔木隔绵州。

‖ 题 解 ‖

魏城县，属绵州，在今四川绵阳东北六十里。一题作《绵谷回寄蔡氏昆仲》，则作于绵谷（今广元）。按陆游有次韵诗，也以为在绵州魏成（城）县驿。故人，旧友。

‖ 注 释 ‖

〔**锦江**〕见前杜甫《野望》诗注。一作锦城。

〔**前值东风后值秋**〕前次之游遇东风（春风），后次之游遇秋风。

〔**芳草有情皆碍马二句**〕分承春秋两度之游。芳草、好云似都留客不走，碍马难行，遮楼可以娱客，且又易雨。这是有名的写景、抒情的佳句，言外之意处处受到当地人的挽留。或者即是写蔡氏兄弟留客的情致。可与前面李商隐《杜工部蜀中离席》诗的"座中醉客延醒客，江上晴云杂雨云"参看。成都多雨，故云。

〔**山将别恨和心断二句**〕写蜀中山水也知道别离之恨。山和心魂共断，水入梦中仍流。带离声，说水声呜咽。

〔**今日因君试回首二句**〕说为你试一回头，却被绵州的淡烟乔木隔住了。语亦幽美。

巫山高

李贺

碧丛丛，高插天，

大江翻澜神曳烟。

楚魂寻梦风飔然，

晓风飞雨生苔钱。

瑶姬一去一千年，

丁香筇竹啼老猨。

古祠近月蟾桂寒，

椒花坠红湿云间。

‖ 作者简介 ‖

　　李贺，字长吉，我国中唐时代杰出的浪漫主义诗人，长于乐府诗。生于德宗贞元六年（790 年），死于宪宗元和十一年（816 年）。年仅 27 岁。河南府福昌县昌谷（今河南宜阳西）人。父晋肃，边上从事。代宗大历三年（768 年），杜甫曾经送别晋肃由湖北公安到四川。因进士的"进"与父名音同，有人倡嫌名之说认为李贺不该应进士试，韩愈为此作《讳辩》，但李贺最终还是没有应试。韩愈、皇甫湜等很重他的诗篇。官奉礼郎。宋人宋祁等评唐诗，说李白为仙才，贺为鬼才。李贺的诗较为险奇，多惊人语句。

‖ 题　解 ‖

　　汉鼓吹铙歌十八曲有《巫山高》。巫山在夔州巫山县（今重庆巫山县）东三十里。

‖ 注　释 ‖

　　〔神曳烟〕神，巫山神女。参前《咏怀古迹五首》第二首"云雨荒台岂梦思"句注。曳烟，犹行云。

　　〔楚魂寻梦风飔然〕楚魂，楚王之魂。飔，凉风。一作飒，风声。说楚王寻梦，山中渺无踪迹。

〔**晓风飞雨生苔钱**〕晓风，疑当作晓岚（岚，山气蒸润），因上句已有风字。苔形如钱，所以叫苔钱。

〔**瑶姬一去一千年**〕瑶姬，即巫山神女。传说为赤帝女，葬于巫山之阳，自称巫山之女。去，死去。

〔**丁香筇竹啼老猨**〕丁香，紫丁香。筇竹，出邛都邛山（今四川西昌东南）。猨，同猿。这句说瑶姬死去已久，山中只有竹木蒙茏和老猿哀啼。

〔**古祠近月蟾桂寒**〕传说月中有蟾蜍与桂树，这句说古庙在高山巅。

〔**椒花坠红湿云间**〕蜀椒春夏间开绿黄色小花，这里说坠红，比作泪水，"红"指椒子，即花椒。但花椒子不落，乃是虚写。这句写无人。

锦城曲

温庭筠

蜀山攒黛留晴雪,簝笋蕨芽簇九折。

江风吹巧剪霞绡,花上千枝杜鹃血。

杜鹃飞入岩下丛,夜叫思归山月中。

巴水漾情情不尽,文君织得春机红。

怨魄未归芳草死,江头学种相思子。

树成寄与望乡人,白帝荒城五千里。

‖作者简介‖

温庭筠，本名岐，字飞卿，我国晚唐时代有名的诗人。宪宗元和十三年（818年）生，并州（今山西太原）人。与李商隐齐名，称"温李"。屡举进士不第，徐商镇襄阳，署为巡官。后为方城（今河南方城）尉，迁随县（今湖北随县）尉。曾来蜀中。懿宗咸通末年死。

‖题　解‖

锦城，即锦官城，见前李商隐《筹笔驿》诗"锦里"注。这首七言古诗也是乐府体歌曲，写成都的风物和思乡的感情。

‖注　释‖

〔**蜀山攒黛留晴雪**〕蜀山，即指岷、峨二山。黛，青色颜料用以画眉。攒黛，眉攒聚而不开。形容山岭重叠。留晴雪，岷、峨二山积雪到春夏不化。

〔**篡笋蕨芽萦九折**〕篡笋，当是篡竹之笋。"篡竹"见李贺《长平箭头歌》。蕨，多年生草本，嫩叶可食。九折阪在邛崃山（今四川荥经西）。萦，说绕阪而生。

〔**剪霞绡**〕霞绡，彩色的缯帛。似指云彩。

〔**花上千枝杜鹃血**〕杜鹃一名子规，传说夜啼至明，血染草木。

〔**夜叫思归山月中**〕杜鹃鸣声凄厉，似言"不如归去"，能动旅客归思。山月中，指岷、峨山月光影中。

〔**巴水漾情**〕汉巴郡治江州，在巴水北，即北府城，后迁南城。即今江北县。巴水有二源，即宕水、诺水，合流至巴中县汇南江水为巴江。漾情，荡漾人的感情。

〔**文君织得春机红**〕锦城以织锦著称，这里用"文君"代表蜀中织女。机，织具。

〔**怨魄未归芳草死**〕传说望帝杜宇死于西山，魂化为鸟，即杜鹃。杜鹃鸣而百草不芳。

〔**相思子**〕即红豆，一名相思豆，本生南国，以闽中最著，说锦江边也学种，寓相思之意。

〔**望乡人**〕成都城北有望乡台，隋朝蜀王秀所筑，这里"望乡人"泛指客寓的人。

〔**白帝荒城五千里**〕白帝城在夔州，汉朝公孙述所据。左思《蜀都赋》："跨蹑犍牂（犍为牂牁二郡），枕倚交趾，经途所亘，五千余里。"极言蜀地广远。

菩萨蛮五首

韦庄

其一

红楼别夜堪惆怅，香灯半卷流苏帐。

残月出门时，美人和泪辞。

琵琶金翠羽，弦上黄莺语。

劝我早归家，绿窗人似花。

其二

人人尽说江南好，游人只合江南老。

春水碧于天，画船听雨眠。

垆边人似月，皓腕凝双雪。

未老莫还乡，还乡须断肠。

其三

如今却忆江南乐，当时年少春衫薄。

骑马倚斜桥，酒楼红袖招。

翠屏金屈曲，醉入花丛宿。

此度见花枝，白头誓不归。

其四

劝君今夜须沈醉，尊前莫话明朝事。

珍重主人心，酒深情亦深。

须愁春漏短，莫诉金杯满。

遇酒且呵呵，人生能几何？

其五

洛阳城里春光好，洛阳才子他乡老。

柳暗魏王堤，此时心转迷。

桃花春水渌，水上鸳鸯浴。

凝恨对残晖，忆君君不知。

‖ 作者简介 ‖

韦庄，字端己，我国晚唐时代的有名诗人。生于文宗开成元年（836年）。京兆杜陵（今陕西西安南）人。他在昭宗乾宁元年（894年）中进士，授校书郎，转补阙。李询为两川宣谕和协使，辟为判官。后依王建，前蜀开国，为吏部侍郎同平章事。梁太祖开平四年（前蜀王建武成三年，910年）死。韦庄能诗词，他的长诗《秦妇吟》很有名。因他曾于杜甫浣花故居遗址重做草堂居住，其弟韦蔼编定他的诗也名为《浣花集》。

‖ 题　解 ‖

菩萨蛮，词牌名。唐朝教坊曲名。宣宗大中初年，女蛮国入贡，危髻金冠，缨络被体，号菩萨蛮队，当时伶人便作菩萨蛮曲。唐宣宗爱唱菩萨蛮词，令狐绹叫温庭筠新作进呈。韦庄这五首菩萨蛮，是他在成都作的怀乡词，侧面反映出当时中原的战乱。

‖ 注　释 ‖

〔堪惆怅〕可悲哀。

〔**流苏帐**〕以五彩羽为饰之帐。

〔**和泪辞**〕带泪而别。

〔**琵琶金翠羽**〕琵琶，乐器。上饰以金翠鸟羽。

〔**弦上黄莺语**〕说琵琶弦上所发出的乐音像黄莺的言语。

〔**绿窗**〕绿纱窗。

〔**只合**〕只应。

〔**画船**〕游船多彩漆雕画。

〔**垆边人似月二句**〕参前李商隐《杜工部蜀中离席》"当垆"句注。似月，像月的皎洁。皓腕，犹玉臂。凝双雪，即双凝雪。朱彝尊《词综》"垆"作炉。又"凝双雪"作凝霜雪，似优。

〔**未老莫还乡二句**〕这里退步说游人还没有老，更不必还乡，还乡后见乱离之景，必然会难过的。

〔**翠屏金屈曲**〕翠屏，绿玉色的屏风。梁简文帝《乌棲曲四首》之四："织成屏风金屈膝。"屈曲即屈膝，也叫屈戌，环纽相钩连可使屏风开阖。

〔**春漏短**〕漏，漏刻，古代计时用器。春漏短，说春天夜晚较冬天为短。

〔**呵呵**〕笑，音诃。

〔**洛阳才子**〕潘岳《西征赋》："贾生，洛阳之子。"西
汉贾谊曾谪长沙。作者用以自喻。

〔**柳暗魏王堤**〕白居易有《魏王堤》诗："柳条无力魏
王堤。"魏王堤在洛阳城南洛水上，斗门亭与津桥间。"魏
王"指唐朝魏王泰，洛水溢为池，太宗以赐魏王泰。

〔**此时心转迷**〕想起故乡，心绪转乱。

〔**春水渌**〕清水清。渌音录。

〔**残晖**〕夕阳。《词综》作斜晖。

荷叶杯二首

韦庄

其一

绝代佳人难得，倾国。

花下见无期，一双愁黛远山眉，不忍更思惟。

闲掩翠屏金凤，残梦。

罗幕画堂空，碧天无路信难通，惆怅旧房栊。

其二

记得那年花下，深夜。

初识谢娘时，水堂西面画帘垂，携手暗相期。

惆怅晓莺残月，相别。

从此隔音尘，如今俱是异乡人，相见更无因。

‖题　解‖

荷叶杯，词牌名。本为唐朝教坊曲名，取名来源于隋朝殷英童《采莲曲》："莲叶捧成杯。"这词有单调双调两种，这里的两首是双调。据《古今词话》，韦庄有宠姬貌美，能诗词，蜀主王建借口要她教宫女，强行夺去，韦庄追念悲伤，作这词和《小重山·一闭昭阳春又春》，传诵于时，姬闻其词，便不食而死。

‖注　释‖

〔**绝代佳人难得，倾国**〕汉武帝时，李延年歌唱道："北方有佳人，绝世而独立，一顾倾人城，再顾倾人国，宁不知倾城与倾国，佳人难再得。"指其妹李夫人。韦庄用以写他的爱姬。

〔**一双愁黛远山眉**〕愁黛，犹攒黛，见前温庭筠《锦城曲》注。远山眉，卓文君眉色如望远山，见《西京杂记》。

〔**思惟**〕思念。

〔**闲掩翠屏金凤**〕掩，关阖。翠屏，见上篇注。金凤，指屏风上的画饰。

〔**罗幕画堂空**〕罗，绮罗。幕，帷幕。画堂，以彩画为饰，不同于寻常之室。

〔惆怅旧房栊〕惆怅，伤悲。房栊，窗棂。

〔记得那年花下〕"下"字与下句"夜"字押韵，借上声作去声。

〔谢娘〕东晋时谢奕女道韫，有才能诗。唐韩翃《送李舍人携家归江东觐省》诗："承颜陆郎（瑜，陈朝人）去，携手谢娘归。"韦庄所识之女也有才华，所以称"谢娘"。

〔画帘〕帘上有绘画的。窗门上的帷幔。

〔相期〕相约。

〔隔音尘〕谢庄《月赋》："美人迈兮音尘阙，隔千里兮共明月。"说音信不通，因而隔绝。

〔无因〕无由，无从。

洞仙歌　并序

苏轼

　　余七岁时，见眉山老尼，姓朱，忘其名，年
九十岁。自言：尝随其师入蜀主孟昶宫中，一日，
大热，蜀主与花蕊夫人夜纳凉摩诃池上，作一词，
朱具能记之。今四十年，朱已死久矣，人无知此
词者，但记其首两句，暇日寻味，岂洞仙歌令乎，
乃为足之云。

　　　冰肌玉骨，自清凉无汗。
　　　水殿风来暗香满。
　　　绣帘开，一点明月窥人，
　　　人未寝，欹枕钗横鬓乱。
　　　起来携素手，庭户无声，

时见疏星渡河汉。

试问夜如何？夜已三更，

金波淡，玉绳低转。

但屈指西风几时来？

又不道流年暗中偷换。

‖ 作者简介 ‖

　　苏轼，字子瞻，号东坡居士，我国北宋时代著名的文学家。散文雄浑奔放，诗也清新俊逸，词与辛弃疾并称"苏辛"，属豪放一派。仁宗景祐三年（1036 年）生。眉州眉山（今四川眉山）人。嘉祐时中进士。神宗时因不赞成王安石变法，贬谪黄州（今湖北黄冈）。哲宗时为翰林学士，出知杭州。官至礼部尚书。后又贬谪惠州（今广东惠阳）、儋州（今海南儋县）。徽宗建中靖国元年（1101 年）北还途中死于常州。

‖ 题　解 ‖

　　洞仙歌，词牌名。唐朝教坊曲名。本调有令词、慢词之分，苏轼所填这词是令词常用体。道家说神仙所居在名山洞府，故称洞仙。

‖ 注　释 ‖

　　〔蜀主与花蕊夫人〕蜀主指孟昶，后蜀主孟知祥之子。继位后生活奢侈，宋师伐蜀，昶军败降，封秦国公，死于开封。昶音畅。据吴曾《能改齐漫录》，花蕊夫人，徐匡璋女，说她像花蕊之轻，又号慧妃。一说姓费氏，青城人。

〔**摩诃池**〕在成都城内，隋朝蜀王秀筑广子城（少城），取土之地成池，一僧人说："摩诃宫毗罗。"摩诃为大，宫毗罗为龙，说这池广大有龙，因名摩诃池。诃，音呵。明朝时填平。

〔**作一词，朱具能记之**〕作一首词，朱尼完全能记得。按词已佚，宋赵闻礼《阳春白雪》说蜀帅谢元明于摩诃池得石刻见全词，恐为托。

〔**但记**〕只记得。

〔**暇日寻味**〕空闲日探寻体会。

〔**乃为足之云**〕便替增补完整。云，语尾词。

〔**敧枕钗横鬓乱**〕敧，不正。钗，妇女首饰。鬓，面旁之发，音摈。

〔**素手**〕肤色白，叫素手。

〔**庭户无声**〕形容夜静。

〔**疏星渡河汉**〕疏星，稀疏的星宿。河汉，天河。

〔**金波淡，玉绳低转**〕金波，形容月光。玉绳，星名。

〔**但屈指西风几时来**〕只屈指计算秋风何时吹来，这句表现避暑的意思。

〔**流年**〕岁月如流，所以叫流年。

剑门道中遇微雨

陆游

衣上征尘杂酒痕，

远游无处不销魂。

此身合是诗人未？

细雨骑驴入剑门。

‖ 作者简介 ‖

陆游，字务观，别号放翁，我国南宋时代著名的爱国诗人。生于北宋徽宗宣和七年（1125 年）。越州山阴（今浙江绍兴）人。南宋孝宗时赐进士出身。迁枢密院编修官。后为夔州通判。又到川陕宣抚使王炎幕为干办公事（在陕西汉中）。后到四川蜀州、嘉州、荣州（今崇州、乐山、荣县）为官。后又为四川制置使范成大幕参议（在成都）。他在川陕抗金前线写下不少爱国篇章。光宗时进宝章阁待制，致仕（退休）。因爱蜀中风土，题他的诗集名为《剑南诗稿》。也能作词。死于宁宗嘉定三年（1210 年），临终《示儿》遗诗不忘中原失土未收。

‖ 题　解 ‖

这是陆游在孝宗乾道八年（1172 年）冬天从兴元府（今陕西汉中）到成都入剑门关时所作。

‖ 注　释 ‖

〔**衣上征尘杂酒痕**〕衣上沾着行途中的尘土，还杂着送别时的酒渍。

〔**远游无处不销魂**〕江淹《别赋》："黯然销魂者，唯别而已矣。"悲伤失魂，说远游处处都带离别的感情。

〔**此身合是诗人未二句**〕杜甫《奉赠韦左丞丈》诗："骑驴十三载，旅食京华春。"李白、贾岛等也曾骑驴。又《古今诗话》："相国郑綮善诗，或曰：相国近为新诗否？对曰：诗思在灞桥风雪中驴子上，此处何以得之？"雨中骑驴而行，本有诗意，问自己应否是诗人，就带有无可奈何的意味，结合前两句，言外有抗金收复失地的志愿不能得偿的意思。

成都书事

陆游

剑南山水尽清晖，

濯锦江边天下稀。

烟柳不遮楼角断，

风花时傍马头飞。

苕羹笋似稽山美，

斫脍鱼如笠泽肥。

客报城西有园卖，

老夫白首欲忘归。

‖ 题　解 ‖

　　李商隐有《汉南书事》诗。陆游诗集中多有"书事"
题名，与"书怀"微有不同，侧重在记事。这诗所书之事
为客报成都城西有园出卖，他想长住不归。孝宗淳熙二年
乙未（1175 年）他初在范成大幕中任参议时所作。

‖ 注　释 ‖

　　〔剑南〕剑门关以南，指蜀中地。唐行政区划有剑南道。

　　〔濯锦江〕见前李商隐《筹笔驿》诗"锦里"注。

　　〔烟柳不遮楼角断二句〕记述锦江风物的繁盛。除花柳
外，上句写楼阁之多，下句写车马之速。

　　〔芼羹笋似稽山美二句〕芼，菜，音帽。用菜杂肉为羹。
"芼羹笋"是说用笋当芼加肉作羹，"芼"作动词用，与下
"斫脍鱼"相对。稽山，会稽山，在今浙江绍兴，陆游的故
乡。晋朝张翰，在洛阳为齐王冏大司马东曹掾，因秋风起，
思吴中菰菜、莼羹、鲈鱼脍，便归家乡。这里暗用其事，却
是不想归乡。斫，砍击，音作。脍，细切肉，音侩。笠泽，
松江的别名，在上海西南，以产四鳃鲈鱼著名。这两句表现
陆游对成都物产的欣赏，不下于对他的家乡。

156

归次汉中境上

陆游

云栈屏山阅月游，

马蹄初喜蹋梁州。

地连秦雍川原壮，

水下荆扬日夜流。

遗虏孱孱宁远略，

孤臣耿耿独私忧。

良时恐作他年恨，

大散关头又一秋。

‖ 题　解 ‖

这是孝宗乾道七年（1171 年）冬天陆游从阆州（今四川阆中）、利州（今广元）办完公事回到汉中写的。次，止宿。境上，界内。

‖ 注　释 ‖

〔云栈屏山阅月游〕连云栈在陕西褒城北。锦屏山在四川阆中南。阅月，经过一月。

〔蹋梁州〕蹋，也作踏。梁州在汉中。

〔秦雍〕唐、宋京兆府京兆郡，本雍州，今陕西西安一带。

〔水下荆扬〕汉水经荆州（今湖北）、扬州（今江苏等地）东流。

〔遗虏孱孱宁远略〕遗虏，余虏，指金兵。孱，音潺，孱孱，力弱的样子，是说的遗虏。敌弱却不可忽。宁远略，说朝廷不灭余虏，岂是远谋。

〔孤臣耿耿独私忧〕孤臣，陆游自谓。耿耿，不安。私忧，私自忧虑。

〔良时恐作他年恨〕良时，良好的时机，指当时说。他年，指未来。说此时不灭敌人，恐成未来遗恨的事。

〔**大散关头又一秋**〕大散关，在陕西宝鸡西南大散岭上，为秦蜀往来要道。又一秋，又一年。盼望收复失地的焦急心情，跃然纸上。

楼上醉书

陆游

丈夫不虚生世间，本意灭虏收河山。

岂知蹭蹬不称意，八年梁益凋朱颜。

三更抚枕忽大叫，梦中夺得松亭关。

中原机会嗟屡失，明日茵席留余潸。

益州官楼酒如海，我来解旗论日买。

酒酣博簺为欢娱，信手枭卢喝成采。

牛背烂烂电目光，狂杀自谓元非狂。

故都九庙臣敢忘？祖宗神灵在帝旁。

‖ 题　解 ‖

　　这个楼，是酒楼，即诗中说的"益州官楼"。陆游在成都时出饮酒，因为当时朝廷对敌作战不力，他感到很愤慨，只能借酒浇胸中块垒，而写下了这些可贵的爱国诗篇。这是一首七言古诗，作于孝宗淳熙四年（1177 年）春。

‖ 注　释 ‖

　　〔岂知蹭蹬不称意〕岂知，哪知。蹭蹬，失势的样子。称意，合意，如意。

　　〔八年梁益凋朱颜〕梁益二州，今陕西汉中和四川成都等地。陆游自乾道六年（1170 年）入蜀，至淳熙四年（1177 年）共八年。凋朱颜，见前李白《蜀道难》诗注。

　　〔松亭关〕在河北迁安西北，为金人控御要地。

　　〔明日茵席留余潸〕明日，指梦后次日。茵席，褥席。潸，流涕。余潸，说余泪。潸，音删。

　　〔益州官楼酒如海〕益州，成都。官坊卖酒，称官楼。酒如海，储酒很多。

　　〔我来解旗论日买〕解，解识。旗，酒楼旗帜，即帘。这句说认清酒帘，按日来买酒。

〔博簺〕古时局戏以赌胜负。

〔信手枭卢喝成采〕五木戏五子都现黑，名为卢，为最高的采，此下为雉、枭、犊。以后骰子即由这变化而来，么为枭，六为卢。信手，随手。

〔故都九庙臣敢忘〕故都指开封。九庙，皇帝的宗庙。臣，陆游自称。

秋晚登城北门

陆游

幅巾藜杖北城头，

卷地西风满眼愁。

一点烽传散关信，

两行雁带杜陵秋。

山河兴废供搔首，

身世安危入倚楼。

横槊赋诗非复昔，

梦魂犹绕古梁州。

‖题 解‖

城北门，即成都城北门。这是陆游在淳熙四年（1177年）秋末所作关怀抗金前线的诗。

‖注 释‖

〔**幅巾藜杖**〕幅巾，用缣全幅束头，即不着冠。藜杖，见前杜甫《白帝城最高楼》诗注。

〔**一点烽传散关信二句**〕古代边境有警举烽。陆游在梁州时曾亲见。散关即大散关。上句说战讯犹传。秋日北雁南迁。杜陵在长安城南，诗人用下句表示对失地的怀念。

〔**供搔首**〕使人烦急。搔首，用手抓头。

〔**倚楼**〕依楼。倚音椅。

〔**横槊赋诗非复昔**〕槊，矛长丈八叫槊。苏轼《前赤壁赋》说曹操"酾酒临江，横槊赋诗，固一世之雄也"。非复昔，不再像从前。

渔家傲　寄仲高

陆游

东望山阴何处是？往来一万三千里。

写得家书空满纸，流清泪。书回已是明年事。

寄语红桥桥下水，扁舟何日寻兄弟？

行遍天涯真老矣，愁无寐。鬓丝几缕茶烟里。

‖ 题　解 ‖

　　渔家傲，词牌名。可能创调于晏殊，他所作此调词有十三首，第一首有"神仙一曲渔家傲"之句。本首当为陆游在蜀中所作的怀乡词。仲高即陆升之，与兄静之（字伯山）以文章有名，号"二陆"，都是陆游从兄。

‖ 注　释 ‖

　　〔家书〕家信。

　　〔寄语红桥桥下水〕寄语，传语。红桥在山阴（今浙江绍兴）。陆游回家乡后有《小舟目红桥之南过吉泽归三山》诗。

　　〔扁舟何日寻兄弟〕扁舟，小舟。扁音篇。兄弟指陆沅、陆洸，静之、升之（都是他的从兄）等。

　　〔天涯〕见前王勃《杜少府之任蜀州》诗注。都特对蜀中边远之地而言。

诉衷情

陆游

当年万里觅封侯，匹马戍梁州；

关河梦断何处，尘暗旧貂裘。

胡未灭，鬓先秋，泪空流；

此生谁料，心在天山，身老沧洲。

‖题　解‖

诉衷情，词牌名。本唐朝教坊曲名。也有单双调之分，本首是双调。这是陆游晚年在故乡绍兴所作关怀国家前途的词。

‖注　释‖

〔觅封侯〕求得立功边地以封侯爵。

〔戍梁州〕戍，戍守。指陆游在川陕宣抚使王炎幕中襄理公务。

〔关河梦断何处〕关河，关塞山河。指边疆战守之地。梦断何处，如梦断绝，更在何地？

〔尘暗旧貂裘〕说征尘污染了衣裳。用战国时苏秦游说秦惠王不用，黑貂裘破烂了的典故，说明自己功业未成。

〔胡未灭三句〕胡，指金人。"鬓先秋"二句说自己。秋，秋霜色向，比白发。

〔此生谁料三句〕此生谁料，指过去没有预料到今天。天山，在新疆，用以代表边疆前线。沧洲，水边地，称隐士所居。陆游晚年居于绍兴镜湖边的三山。

谢池春

陆游

壮岁从戎，曾是气吞残虏。

阵云高、狼烽夜举。

朱颜青鬓，拥雕戈西戍。

笑儒冠、自来多误。

功名梦断，却泛扁舟吴楚。

漫悲歌，伤怀吊古。

烟波无际，望秦关何处？叹流年又成虚度。

‖ 题　解 ‖

　　谢池春，词牌名。可能由谢灵运《登池上楼》诗的"池塘生春草"句取名。陆游共填了这个调子三首，是他70岁时在山阴所作（最后一首说"七十衰翁，不减少年豪气"）的爱国词章。

‖ 注　释 ‖

　　〔壮岁从戎〕壮岁，壮年。从戎，从军。指乾道七年（1171年）陆游到王炎幕中任职。时年47岁。

　　〔阵云高、狼烽夜举〕《史记·天官书》："阵云如立垣。"说阵营上云气很高。狼烽，古时举烽燧用狼粪烧烟，直上而风吹不斜。

　　〔朱颜青鬓三句〕朱颜青鬓，红颜黑发，说年经时。雕戈，有刻镂纹的戈（戈，武器名，平头戟）。戍，戍守。笑儒冠、自来多误，用杜甫《奉赠韦左丞丈》诗："儒冠多误身。"后两句即杨炯《从军行》说的"宁为百夫长，胜作一书生"的意思，陆游《成都大阅》诗说："属櫜缚裤无多恨，久矣儒冠误此身。"

　　〔却泛扁舟吴楚〕只乘小舟行于吴楚江湖之间，指离开川陕东归。

〔**吊古**〕凭吊古迹。

〔**秦关**〕骆宾王《帝京篇》："秦塞重关一百二。"这里"望秦关何处"指散关说。

〔**叹流年又成虚度**〕流年见前苏轼《洞仙歌》注。虚度，空自度过。

诗若干首
（咐朝人写的有关的川山一些诗。
其中咏曹操一首，刘邦的川放
在咏刘备一首之后，因重范而及。）

毛主席手书
1958 年 4 月 20 日

长江万里图

杨基

我家岷山更西住，

正见岷江发源处。

三巴春霁雪初消，

百折千回向东去。

江水东流万里长，

人今漂泊尚他乡。

烟波草色时牵恨，

风雨猿声欲断肠。

‖ 作者简介 ‖

杨基，字孟载，祖籍蜀嘉州（今乐山一带），生于吴（今苏州）。明朝初年为荥阳（今河南荥阳）知县，后为兵部员外郎，出为山西按察使。后被谗夺职供役，死于工所。早年杨维桢（铁崖）很赏识他的诗歌。与高启、张羽、徐贲被称为"吴中四杰"。

‖ 题　解 ‖

长江自青海发源到入海共一万一千六百里。明朝末年徐宏祖（霞客）才发现金沙江为长江上游，杨基也误以岷江为长江上游。这可能是一首题画的七言古诗，杨慎也写过一首同题的七言长律。

‖ 注　释 ‖

〔我家岷山更西住二句〕明朝嘉州所管各县都在岷山之南，因为作诗时诗人在长江下游，岷山在西，说"更西"表示极远。说"正见岷江发源处"，也不外说岷江上游。

〔三巴春霁雪初消〕汉末刘璋改永宁郡（今巴县以东至忠县）为巴郡，以固陵（云阳、奉节等县）为巴东郡，以阆中为巴西郡，叫作"三巴"。谯周《三巴记》："阆、白二水合流，自汉中至始宁（巴中）城下入涪陵，曲折三回，有如巴字。亦曰巴江。"雨雪停止都叫"霁"。

〔**漂泊尚他乡**〕漂泊，同飘泊，流寓失所。尚，还在。他乡，异乡。

〔**烟波草色时牵恨**〕江上有水汽，所以称为"烟波"。这句说江上景物时时引动人的恨事，即上句说的漂泊异乡。

〔**风雨猿声欲断肠**〕三峡两岸猿声在风雨中听来令人悲伤。

读贾谊王粲传

李延兴

白发悲王粲，

青春羡贾生。

万言辞慷慨，

一赋气峥嵘。

吊屈心犹壮，

依刘恨未平。

怀贤坐长夜，

耿耿若为情。

‖作者简介‖

李延兴，字继本，东安（今河北安次西北）人。元顺帝时中进士，为太常奉礼兼翰林检讨。后辞官设教。明朝初年典涞水（今河北涞水）县学。

‖题　解‖

贾谊，西汉文帝时人，《史记》《汉书》都有《贾谊传》。王粲，东汉末年人，《魏志》有《王粲传》。两人都是著名文学家。

‖注　释‖

〔**白发悲王粲**〕王粲在长安时，献帝任为黄门侍郎，因政治混乱，不肯就任，便到荆州避乱。这句作者说自己年老而悲王粲的遭遇，表示元朝末年政治也很混乱，自己的遭遇也相同。

〔**青春羡贾生**〕贾谊，年十八能诵诗书、属文。后河南守吴公入朝为廷尉，荐贾谊，文帝用为博士，年二十多岁。迁太中大夫，将以为公卿。周勃、灌婴等向文帝毁谤他，便贬谪为长沙王太傅。后再召问鬼神之事。又为梁怀王太傅。死时年仅 33 岁。所以说"青春羡贾生"。士人称"生"。

〔万言辞慷慨〕贾谊有《陈政事疏》《治安策》等,辞气慷慨。所上疏数篇近一万字。这句承上句。

〔一赋气峥嵘〕王粲到荆州,登当阳城楼,作《登楼赋》,内容是伤乱、思归,结尾有句说"气交愤于胸臆",吕延济注:"弥增愤气满于胸臆也。"气峥嵘,即说愤气满于胸中。峥嵘,山势高峻或深远的样子,引申为弥增和充满。陆游《冬夜独酌》诗:"物外虽增新跌宕,胸中未洗旧峥嵘。"又《独饮醉卧比觉已夜半矣戏作此诗》:"醉著面颜惊少壮,浇余胸次失峥嵘。"也即此意。这句承首句。

〔吊屈心犹壮〕贾谊到长沙,作赋吊屈原,有句说:"曆九州而相君兮,何必怀此都也?凤皇翔于千仞之上兮,览德辉而下之。""彼寻常之汙渎兮,岂能容吞舟之鱼?"这句又承二、三句来。

〔依刘恨未平〕王粲到荆州,依荆州牧刘表。刘表见王粲貌不出众,短小体弱,为人又放旷不拘,便不很重视他,刘表死后,王粲劝刘表幼子刘琮投降曹操。恨未平,心中有恨事感到不平,不满于刘表的怠慢。

〔怀贤〕怀念贾、王二人,都是贤才。

〔**耿耿若为情**〕耿耿，不安。若，犹怎、那。"为情"
连读。若为情，怎样为情，即难以为情的意思。

宿金沙江

杨慎

往年曾向嘉陵宿，
驿楼东畔阑干曲。
江声彻夜搅离愁，
月色中天照幽独。
岂意飘零瘴海头，
嘉陵回首转悠悠。
江声月色那堪说，
肠断金沙万里楼。

‖ 作者简介 ‖

　　杨慎，字用修，成都府新都县（今四川新都）人。生于明孝宗弘治元年（1488 年）。武宗时殿试第一，授翰林修撰，世宗初上疏议大礼，被廷杖，谪戍云南永昌卫（今保山县）。投荒三十多年，世宗嘉靖三十八年（1559 年）死于戍所。杨慎能诗，很得李东阳嘉许。投荒多暇，于书无所不览，记闻广博，著述丰富，实冠于明代。

‖ 题　解 ‖

　　金沙江，长江上游，由四川西部流入云南北部，再东北流至四川宜宾与岷江汇合。这诗是杨慎谪戍云南途经金沙江边宿于驿楼时作。杨慎《升庵外集》卷三《渡泸辩》："泸水，乃今之金沙江（按：当为金沙江支流雅砻江），即黑水也。今之金沙江，在滇蜀之交，一在武定府元江驿……"今元谋县北有镇名金沙江，在龙川江入金沙江口东南，或即其地。这和下面三首都是歌行体的古诗。

‖ 注　释 ‖

　　〔嘉陵〕嘉陵江出陕西凤县东北，与西汉水汇合，入四川省境。嘉陵驿即问津驿，在今广元市西一里，传说诸葛亮出师在此问津。

〔**驿楼**〕即驿亭，古代驿传有亭，行旅止息于此。阑干，也作栏杆，用以遮阑庭院走廊。曲，转折。

〔**江声彻夜搅离愁二句**〕彻夜，通夜。搅离愁，搅动离别愁绪。中天，天中处，指半夜月高时。幽独，杨慎自谓。

〔**瘴海**〕云南有洱海，其地多瘴气，所以叫瘴海。据《永昌郡传》，郡东北八十里泸仓津有瘴气，人遇之则闷乱，中树枝则折。《十道志》说，越巂有泸水，四时多瘴气，中人常闷绝，唯五月无害。金沙江在其间，也有烟岚瘴气。

〔**嘉陵回首转悠悠**〕像贾岛《渡桑乾》（一作刘皂《旅次朔方》）诗的"客舍并州已十霜，归心日夜忆咸阳，无端更渡桑乾水，却望并州是故乡"一样，说回顾嘉陵江却又很悠远了。悠悠，同攸攸，邈远的样子。

〔**江声月色那堪说二句**〕对自己的远谪很感悲痛。

三岔驿

杨慎

三岔驿，十字路，

北去南来几朝暮？

朝见扬扬拥盖来，

暮看寂寂回车去。

今古销沉名利中，

短亭流水长亭树。

‖ 题 解 ‖

三岔驿，在陕西凤县南五十里。又云南沾益县白水驿一名三岔路，杨慎所写或此。这首七言古诗，开始用两句三言，是变体。作者称它为长短句。这首行旅诗主要是借以反映封建社会官吏政治上的得失变化的。

‖ 注 释 ‖

〔几朝暮〕问几个早晚。

〔朝见扬扬拥盖来二句〕扬扬，得意的样子。盖，这里说的车盖。拥，掩蔽。看，读平声。寂寂，落寞。两句说早上见得意乘车而来，晚上看失意回车而去。"朝"、"暮"极言变化很快。

〔今古销沉名利中〕"今古"实说今古的人，销沉，销灭沉没。

〔短亭流水长亭树〕十里一长亭，五里一短亭。古代用为送别之词。这句说只见分别地的流水长流，树木依旧罢了，树，应指柳树，古人离别折柳为赠。

锦津舟中对酒别刘善充

杨慎

锦江烟水星桥渡，

惜别愁攀江上树。

青青杨柳故乡遥，

渺渺征人大荒去。

苏武匈奴十九年，

谁传书札上林边。

北风胡马南枝鸟，

肠断当筵蜀国弦。

‖ 题 解 ‖

锦津，锦江渡口。明朝曹学佺《蜀中名胜记》卷二：
"宋吕大防《合江亭记》云：'……沱旧循南湟，与江并流
以东，唐高骈斥广其秽，遂塞糜枣故渎，始凿新渠，缭出
府城之北，然犹合于旧渚。旧渚者合江故亭，唐人宴饯之
地。……'按：即今之锦官驿矣。"其地在今成都东门外安
顺桥头，俗称南河口（大安横街和大安正街间的转弯处）。
又："薛涛井旧名玉女津，在锦江南岸。"今望江楼。这里
说的锦津，当指玉女津。杨慎将赴戍地，友人刘善充送他，
他便作这首别诗。另有《招刘善充》一诗，刘善充，不详
其人。

‖ 注 释 ‖

〔锦江烟水星桥渡〕烟水，犹烟波，说江上水气。星
桥，原成都西南两江上有七星桥：直西门冲治桥、西南石
牛门市桥、城南江桥（今城内，故渎上）、南渡锦江上万里
桥（今南门大桥）、西上夷里桥、上笮桥、冲治桥西出折为
长升桥。传说是李冰所造，上应七星，故名。

〔惜别愁攀江上树二句〕古代习俗折柳枝赠别，"江上

树"也指杨柳。遥，远。

〔**渺渺征人大荒去**〕征人，行者，杨慎自称。大荒邈远，指云南戍所。

〔**苏武匈奴十九年二句**〕苏武出使匈奴不降，十九年才得回朝。匈奴本假称苏武已死，苏武属吏常惠教后来汉使，对匈奴单于说："汉帝在上林苑射雁，雁足系有帛书，称苏武还在某泽中，单于便承认苏武实没有死，并让他回汉朝。"杨慎这两句用这个典故，说自己外贬多年，却没有人替他传书信于朝廷，让他得以回朝。札，木简。

〔**北风胡马南枝鸟**〕《古诗十九首》："胡马依北风，越鸟巢南枝。"意思是鸟兽都思念故乡，用以自比。

〔**当筵蜀国弦**〕当筵，在筵席上。蜀国弦，乐府相和歌辞四弦曲名。和《蜀道难》相似，写蜀道铜梁玉垒的险阻。

送余学官归罗江

杨慎

豆子山，打瓦鼓，

阳坪关，撒白雨。

白雨下，娶龙女，

织得绢，二丈五。

一半属罗江，一半属玄武。

我诵绵州歌，思乡心独苦，

送君归，罗江浦。

‖ 题 解 ‖

绵州罗江县，今四川德阳市罗江县。杨慎有《九厓草堂歌为督学余公赋》一诗，知余号九厓，为云南督学。罗江人。

‖ 注 释 ‖

〔豆子山，打瓦鼓〕豆子山，在四川罗江县东北，交中江县界（据《罗江县志》，"东北"或当作东南）。瓦鼓，本炮土之鼓。打瓦鼓，似说风吹山石。

〔阳坪关，撒白雨〕阳坪关，在四川中江县西北三十里，旧志称阳平镇。"坪"一作平。南卓《羯鼓录》：唐朝宋璟说打羯鼓"头如青山峰，手如白雨点"。山峰取不动，雨点取碎争。撒白雨，雨点很大。

〔白雨下，娶龙女〕这是说雨下后江水涨了，龙神的女儿来临，有人与她结婚。元杂剧《张羽煮海》写张羽与龙女琼莲相婚事，恐是由这首古巴歌传说敷衍而来。

〔织得绢，二丈五〕龙女织绢，绢每匹四丈，这里说"二丈五"，为了押韵的缘故，《明诗综》作三丈五。用绢比河流。

〔**一半属罗江，一半属玄武**〕古代罗江县与中江县间河道可通舟楫，这两句就是说的两县平分水利。北周玄武郡伍城县，隋改为玄武县（玄武，山名），即今中江县。

〔**我诵绵州歌**〕以上十句即是绵州歌，旧称巴歌（唐天宝初方改绵州为巴西郡，沈德潜《古诗源》归于晋乐府，恐误）。罗江属绵州。

〔**罗江浦**〕浦，水边。旧罗江县在罗江西岸约半里。罗江有二源，涪水与安昌水（即浔江与濡水）至县北寺前合流，蹙成罗纹，所以叫罗江，也叫纹江。

春兴二首

杨慎

最高楼上俯晴川，

万里登临绝塞边。

碣石东浮三绛色，

秀峰西合点苍烟。

天涯游子悬双泪，

海畔孤臣谪九年。

虚拟短衣随李广，

汉家无事勒燕然。

天上风云此际多，

山中日月竟如何？

争传鸣凤巢阿阁，

又见飞鸿出罻罗。

宣室鬼神思贾谊，

中原将帅用廉颇。

难教迟暮从招隐，

拟把生涯学醉歌。

‖ 题　解 ‖

　　春兴，春日遣兴。杜甫有《秋兴八首》。杜晚年在湖南时，郭受有诗问他："春兴不知凡几首？衡阳纸价定能高。"这是杨慎在云南永昌卫戍所时作。原为八首，这里选的是第一、第八首。

‖ 注　释 ‖

　　〔**最高楼上俯晴川**〕最高楼上，指永昌城楼上。《徐霞客游记》说永昌"会真楼高爽，可尽收一川阴晴"。"晴川"指永昌上河水、下河水，流入潞江（即怒江）。在城楼可以俯见。《升庵集》"最高"作遥岑。遥岑楼在安宁市东，今云南安宁，南有螳螂川，西有安宁河。

　　〔**万里登临绝塞边**〕明朝都北京，北京到云南永昌卫近万里。登临，登山临水，登城楼也可叫登临，绝塞，绝远的边塞。

〔碣石东浮三绛色〕碣石，海畔山名，这里是泛指。三绛在越嶲郡，今四川会理东南，金沙江东岸，可能借以写滇中的景色。杨慎《滇载记》：南诏异牟寻以绛云露山（一名云龙山，在今云南禄劝东北）为东岳，点苍山为中岳。或者是指这说的。三绛，本县名，这里借用与下句"点苍"相对。

〔秀峰西合点苍烟〕云南大理西点苍山，一名灵鹫山，有十九峰，苍翠如玉，盘亘三百多里，以产大理石著名。烟，云烟。

〔天涯游子悬双泪二句〕意分两层，都是杨慎就自己说，不仅游客思乡，而且谪臣怀念故都，下句更深一层。唐朝刘禹锡有《谪九年赋》。

〔虚拟短衣随李广〕虚拟，空自打算。杜甫《曲江三章》之三："短衣匹马随李广，看射猛虎终残年。"短衣便事，不同于儒服。李广，西汉名将，善战，称"飞将军"。这和下句连续，就与杜诗的意思不一样，是说自己想从军远征，空抱壮志。

〔汉家无事勒燕然〕汉家，汉朝朝廷。王勃《采莲赋》："于时蓟北无事。"无事，说没有变故，国家安宁。燕然，山名。东汉时窦宪破北单于，登燕然山，刻石纪功而还。班固作铭，有"萧条万里，野无遗寇"等语。燕然山即今蒙古人民共和国杭爱山。勒，刻石。这句即上句"随李广"的目的。

〔天上风云此际多〕天上，指朝廷。风云，比喻人才的遇合。此际，指当时。

〔山中日月竟如何〕用晋朝王质入山砍柴事，见《诗词若干首》中刘禹锡《酬乐天扬州初逢席上见赠》诗注。山中，指贬谪地。这句说已久谪，外间变化很大。

〔争传鸣凤巢阿阁〕传说黄帝时，凤凰巢于阿阁，阿，栋，阁有四栋，叫阿阁。这句是说争传祥瑞，暗说人才得用。

〔又见飞鸿出罻罗〕鸿，大鸟，即黄鹄。罗，鸟网。罻，小网。罻罗即网罗。这句说有罪的将得释。

〔宣室鬼神思贾谊〕贾谊谪长沙后，文帝思念他，征召他至京城，贾谊入见，文帝正坐宣室，问鬼神之本，至夜半，前席而听。宣室，未央殿前正室。这句说思召谪臣。谊音义。

〔中原将帅用廉颇〕廉颇，战国时赵国名将。赵王用乐乘代廉颇，颇奔魏。后赵王仍想用廉颇为将，因使者进谗言而罢。后死于楚。颇，平声。这句说再用老将。

〔**难教迟暮从招隐二句**〕迟暮，指衰年。《楚辞》有
《招隐士》一篇，是淮南小山招致山谷隐居之士而作。上句
有似杜甫《野望》诗的"惟将迟暮供多病"。这里的两句说
当时政治空气虽然比较缓和，可惜自己已是衰年，难于依
从招隐之作（实际是他仍然不被赦免），打算学作醉歌来度
此生涯罢了。这首的结联比上首的还更悲愤。

武侯庙

杨慎

剑江春水绿沄沄，
五丈原头日又曛。
旧业未能归后主，
大星先已落前军。
南阳祠宇空秋草，
西蜀关山隔暮云。
正统不惭传万古，
莫将成败论三分。

‖ 题　解 ‖

沈德潜《明诗别裁》说古来武侯庙诗以这首为最好。又有人说是杨慎录元人之作。今陕西沔县东南有武侯庙。

‖ 注　释 ‖

〔**剑江春水绿沄沄**〕《水经注》卷二十："小剑水西南山剑谷，东北流迳其戍下，入清水，清水又东南注白水。"剑江指此。沄沄，水旋转而流。

〔**五丈原头日又曛**〕五丈原，在陕西眉县西南。蜀后主建兴十二年（234 年）春，诸葛亮尽率大军从斜谷（眉县西南）出，据武功五丈原，与司马懿对垒，分兵屯田，为久住之基。相持百多日，八月，亮病死于军。曛，日落时余光。

〔**旧业未能归后主**〕旧业，指先主所创之业。这句说后主不能继承旧业，承首句来。

〔**大星先已落前军**〕《晋阳秋》载，有星赤而芒角，自东北向西南流，落于亮营，不久亮死，这是传说附会。前军，前营。这句承次句来。

〔**南阳祠宇空秋草**〕诸葛亮隐于南阳（今襄阳西隆中），

199

后人建祠庙纪念他。空秋草，说他已死。

〔**西蜀关山隔暮云**〕仍照应前面一、三句。这和上句寓凭吊怀念之意。

〔**正统不惭传万古二句**〕晋朝习凿齿著《汉晋春秋》，以蜀为正统。这两句是说蜀为汉室之后，应属正统，名传万世，不能以成败评论三国。三分，指魏蜀吴。这诗是元人所作，杨慎录它，也反映了他的封建正统思想，和他议大礼的思想一致。

寄　外

黄峨

雁飞曾不度衡阳，

锦字何由寄永昌？

三春花柳妾薄命，

六诏风烟君断肠。

曰归曰归愁岁暮，

其雨其雨怨朝阳。

相闻空有刀镮约，

何日金鸡下夜郎？

‖ 作者简介 ‖

黄峨，字秀眉，四川遂宁人，杨慎续娶的妻子。孝宗弘治十一年（1498 年）生。杨慎戍滇，黄峨随行。杨慎父廷和死，和杨慎一道奔丧回四川新都。后杨慎独还戍所，黄峨留家中。穆宗隆庆三年（1569 年）死。寄杨慎的诗词为人所传诵，王世贞说杨慎答和的诗词都不如黄峨，也不尽然。

‖ 题 解 ‖

寄外，即寄杨慎，过去女人称自己的丈夫叫外子。

‖ 注 释 ‖

〔雁飞曾不度衡阳二句〕衡阳有回雁峰，传说雁飞至此而回。又雁足传书，见前杨慎《锦津舟中对酒别刘善充》诗注。这句说书信难通。锦字，前秦窦滔镇襄阳，其妻苏氏（名蕙，字若兰）织锦回文题诗二百余首寄他，他读后很感动，便具车迎苏氏。永昌，杨慎所在之地。"衡阳"与下"朝阳"韵重，《明诗别裁》说或改为"衡湘"。"何由"疑当作无由，因末句有"何"字，不应重用。

〔三春花柳妾薄命〕三春，指孟春、仲春、季春，即旧历正月、二月、三月。花柳易谢落，比喻女子薄命，这是带有封建迷信的说法。妾，古代妇女自己谦称。

〔六诏风烟君断肠〕六诏，西南夷族称王为诏，其先有渠帅六，所以称"六诏"。即蒙舍、蒙巂、越析、浪穹、邆睒、施浪。在今四川、云南交界地。蒙舍最南，称南诏，五诏都为所并。风烟，犹风云。君，称杨慎。

〔曰归曰归愁岁暮〕《诗·小雅·采薇》："曰归曰归，岁亦莫（暮）止。"本说岁晚才得归。愁岁暮，说岁晚仍不得归乡，这句就杨慎说。

〔其雨其雨怨朝阳〕《诗·卫风·伯兮》："其雨其雨，杲杲日出。"快要下雨，太阳却又出来了。比喻说伯（丈夫的字）将来，却又不来。阮籍《咏怀》诗："其雨怨朝阳。"这句就自己说。这两句诗用前人语很工巧。

〔相闻空有刀镮约〕相闻，互相告知。《明诗综》作相怜。汉昭帝时，霍光等人派任立政到匈奴招还李陵，当着单于的面，任立政不便明说，便目视李陵，并屡次自抚其刀环，表示可还归汉。镮与还音同。"镮"通环。

〔何日金鸡下夜郎〕北齐赦罪日，武库令设金鸡和鼓于阊阖门外，集合囚徒，击鼓千声，开释枷锁。唐朝赦日也树金鸡（竿长七尺，鸡高四尽，黄金饰首）。李白曾流放夜郎（今贵州桐梓东），至巫山得赦。这句说杨慎何日才能遇赦。

从军行寄赠杨用修

皇甫汸

思文际圣君，稽古萃群辟。

子云侍承明，胡为去荒域？

被命事犀渠，差胜下蚕室。

愤志酬八书，荣名重三策。

丁年子卿嗟，皓首仲升泣。

看鸢穷瘴烟，放鸡定何日？

业既违操觚，勋还期裹革。

五月行渡泸，千里望巴国。

泸水向东流，巴云忽西匿。

相思持寸心，愿附双飞翼。

‖ 作者简介 ‖

皇甫汸，字子循，长洲（今江苏苏州）人。世宗时进士，历官工部郎中、南京吏部郎中、谪开州（今重庆开县）、处州（今浙江丽水）同知，升云南按察司金事，后免官。与兄皇甫冲、涍、弟、濂都有文名，号"皇甫四杰"。生于孝宗弘治十年（1497 年），死于神宗万历十年（1582 年）。

‖ 题　解 ‖

乐府相和歌辞平调曲有《从军行》。这首诗是五言乐府诗，却多用对偶。杨用修即杨慎。这是皇甫汸在开州做同知时送杨慎入滇而作。

‖ 注　释 ‖

〔思文际圣君二句〕《诗·周颂·思文》："思文后稷。"后稷，周朝的祖先，播植百谷，有大功。周公思念他。圣君，指明朝的皇帝。际，遭逢。稽古，考古。萃，会聚。辟，音璧。群辟，犹百辟，诸侯群臣。两句的意思是遭逢圣君，文德修明，人才济济。

〔**子云侍承明二句**〕子云，西汉扬雄字。成帝时王根荐雄文似司马相如，召雄待诏承明之庭。承明庐在石渠阁外，汉侍臣所居的地方。杨慎在武宗时为翰林修撰，世宗时充经筵讲官，所以拿扬雄的文才相比。胡为，为什么。去，这里作往字讲。荒域，指云南。下句出之问语，暗说杨慎廷谏触怒世宗和谗臣毁谤他的事。

〔**被命事犀渠**〕被命，受命。犀渠，犀牛一类的兽。《山海经》说是要食人。滇南盛产。事，从事。事犀渠，就是说与犀渠为伍。

〔**差胜下蚕室**〕差胜，较胜。下蚕室，指西汉司马迁受腐刑。蚕室，受腐刑人所居温密的屋子。

〔**愤志酬八书**〕司马迁作《史记》，其中有"八书"，这里用以代表《史记》。酬，偿愿。这句比喻杨慎著书。

〔**荣名重三策**〕董仲舒上天人三策。这里说杨慎上疏名重如董仲舒。

〔**丁年子卿嗟**〕西汉苏武字子卿，"丁年（丁壮之年）奉使，皓首（白头）而归"。嗟，叹声。

〔**皓首仲升泣**〕东汉班超字仲升，在西域三十一年，年老思乡，上疏求归，有"常恐年衰，奄忽僵仆，孤魂弃捐"等语。其妹班昭也代请求，后得归洛阳。两句写杨慎远戍。

〔**看鸢穷瘴烟二句**〕东汉马援带兵到交趾去，在浪泊西里间，下潦上雾，毒气重蒸，仰见飞鸢跕跕堕水中。瘴烟即瘴毒。这里写云南戍所。"放鸡"见前黄峨《寄外》诗注。

〔**业既违操觚二句**〕杨慎本为翰林修撰、经筵讲官，理应操觚（持木简作书），而现在却违本业了。觚音孤。马援说："男儿要当死于边野，以马革裹尸还葬耳。"勋，功勋。期，望。下句说戍边。

〔**五月行渡泸二句**〕上句就杨慎南行说。《升庵外集》卷三《渡泸辩》："今之金沙江……一在姚安之左衸，据《沉黎志》，孔明所渡当是今之左衸也。"按泸水，即雅砻江，入金沙江，其地即今渡口市北。参前《宿金沙江》诗题解及"瘴海"注。下句就作者自己说，巴国指开州。

〔**泸水向东流二句**〕上句仍说杨慎所往，下句说作者自己，水流云驰，说时间过去就分别了。匿，藏匿，驰去。

〔**相思持寸心**〕心，方寸之地，所以叫寸心。持寸心，犹奉寸心，表示竭诚之意。

〔**愿附双飞翼**〕愿随南飞鸟翼以奉献己心。

送皇甫别驾往开州

李攀龙

衔杯昨日夏云过，

愁向燕山送玉珂。

吴下诗名诸弟少，

天涯宦迹左迁多。

人家夜雨黎阳树，

客渡秋风瓠子河。

自有吕虔刀可赠，

开州别驾岂蹉跎。

‖ 作者简介 ‖

　　李攀龙，字于鳞，号沧溟，历城（今山东济南）人。生于武宗正德九年（1514 年）。世宗时进士，授刑部主事，历员外郎、郎中，出知顺德府，升任陕西提学副使，后为浙江副使，迁参政，拜河南按察使。穆宗隆庆四年（1570 年）病死。以能诗著名，尤长于七言律诗和七言绝句，与王世贞、谢榛等为明朝"后七子"。

‖ 题　解 ‖

　　别驾，汉朝官名。为州刺史的佐吏，刺史行部，别乘传车从行，这里指明朝的同知。皇甫别驾即皇甫汸，当时谪官开州同知，见前篇作者简介。这是李攀龙送皇甫汸到蜀中去的诗。

‖ 注　释 ‖

　　〔衔杯昨日夏云过〕衔杯，含杯，指饮酒。昨日夏云过，说夏季昨日已完，今为秋初。过，读平声。

　　〔愁向燕山送玉珂〕燕山，在河北蓟县东南。这里指北京，送别的地方。玉珂，马勒饰，代称行者。

〔吴下诗名诸弟少〕王世贞《艺苑卮言》说："太原（称皇甫冲等原籍）兄弟并擅菁华，……吴中一时之秀，海内寡俦。"钱谦益《列朝诗集小传》特举皇甫冲之弟涍、汸，说"二甫之于吾吴，可谓杰然者矣"。涍早死，而汸寿高，汸诗名为最，所以说"诸弟少"，说诸弟中所少有。这句和下句句法略似《诗词若干首》中杜甫《野望》诗的"海内风尘诸弟隔，天涯涕泪一身遥"。

〔天涯宦迹左迁多〕古代官职尊右卑左，所以贬官叫"左迁"。这句说蜀中僻远，官于其地的多为贬谪而往。

〔人家夜雨黎阳树二句〕黎阳津，在今河南滑县北。瓠子河，在今河南濮阳南。两句写行途之景。

〔自有吕虔刀可赠〕吕虔，三国魏徐州刺史，请王祥为别驾，州事尽委托王祥办理，当世称赞他能任贤。吕虔有佩刀，相者以为佩它可登三公位，他赠给王祥。后祥拜司空，转太尉，加侍中。这是封建迷信的说法，李攀龙用这个典故，是安慰皇甫汸不要为贬谪悲伤。

〔蹉跎〕失时。

送谢武选少安犒师固原因还蜀会兄葬

谢榛

天书早下促星轺，

二月关河冻欲消。

白首应怜班定远，

黄金先赐霍嫖姚。

秦云晓渡三川水，

蜀道春通万里桥。

一对邮筒肠欲断，

鹡鸰原上草萧萧。

‖ 作者简介 ‖

谢榛，字茂秦，自称四溟山人。山东临清人。孝宗弘治八年（1495年）生。青年时即以歌诗闻名，世宗时游长安，又到北京与李攀龙、王世贞等结社，谢榛为"后七子"第一。其诗声律圆稳，功力深厚，神宗万历三年（1575年）死。谢榛终身不仕。除诗歌外有《四溟诗话》传世。

‖ 题　解 ‖

明朝兵部设武选、职方等司，各郎中一人、员外郎一人。时谢少安任兵部武选司职。少安名东山，四川射洪人。世宗时进士，历官贵州提学副使、右副都御史，巡抚山东。为人慷慨博学。犒师，犒赏军队。固原，今宁夏回族自治区固原县。因还蜀会兄葬，乘犒师之便回四川参加哥哥的葬礼。全诗是按题意逐层写去，前半固原犒师，后半还蜀会葬。

‖ 注　释 ‖

〔天书早下促星轺〕天书，皇帝的诏书。皇帝的使者叫星使。使者所乘的车子叫星轺。轺，音遥。促，催促。

〔二月关河冻欲消〕仲春天候转暖冻解。

〔白首应怜班定远〕东汉班超封定远侯，在西域三十余年，年七十一才回朝廷。这句说谢东山到固原去犒师，应怜老将如班超的，奏请召归。

〔黄金先赐霍嫖姚〕西汉霍去病为嫖姚校尉，斩首捕虏二千余级，封冠军侯。这句说应先赏有战功的武将如霍去病的。嫖姚，音飘摇。

〔秦云晓渡三川水〕秦，陕西地。唐朝以剑南东西和山南西道为三川。三川水，指陕南、四川之地的河流。

〔蜀道春通万里桥〕万里桥，见前杜甫《野望》诗注。这句说蜀道虽艰，但春日乘车，可直到成都。

〔一对郫筒肠欲断二句〕郫筒，郫县用大竹为筒盛酒，称郫筒酒。一对故乡之酒，不能斟饮，肠断因兄死去。《诗·小雅·常棣》："脊令在原，兄弟急难。"脊令，音即零，同鹡鸰。水鸟到原上，飞鸣求其类，如兄弟之于急难。说谢东山的哀悼于兄。草萧萧，草因风吹摇动。写墓原的景物。

巴女词

谢遒

巴川积水极岷峨，

巴女明妆艳绮罗。

为语秋江风浪急，

断肠休唱木兰歌。

215

‖ 作者简介 ‖

谢遴，字彙先，宜兴人，思宗时举人。遴音鄰。

‖ 题　解 ‖

这首七言绝句，是模仿竹枝词作的。明朝巴州在今四川巴中县。

‖ 注　释 ‖

〔巴川积水极岷峨〕巴水上游有东西二河，东河一名宕水，源出陕西镇巴西北大巴山，西河一名诺水，源出陕西南郑县南米仓山，入四川后合流，至巴中县东南，汇南江水为巴江。南流为渠江，与嘉陵江合流入长江。又嘉陵江也叫巴水。周时巴子国在今四川巴县。"积水"说支流汇聚。极岷峨，远通岷峨。岷峨是四川的名山，用以泛指蜀中大山，这里实际上是说的大巴山。

〔巴女明妆艳绮罗〕巴女，巴川上的女子。明妆，明丽的妆饰。绮罗，绫罗。绮音起。

〔断肠休唱木兰歌〕木兰，落叶乔木，开紫色花，俗称紫玉兰。古代传说鲁班刻木兰为舟。木兰花，词牌名，唐朝教坊曲名。大体是七言八句中，或一句六字，或前后阕各一句六字，与"玉楼春"微有不同。其后又有"减字木兰花"，则前后阕各一句减去三字。词的内容多谈离情和感叹流光易逝，等等。休唱，不要唱。

朝天峡

费密

一过朝天峡，

巴山断入秦。

大江流汉水，

孤艇接残春。

暮色愁过客，

风光惑榜人。

明年在何处？

杯酒慰艰辛。

‖ 作者简介 ‖

费密，字此度，四川成都人。明熹宗天启三年（1623年）生。农民起义爆发后，弃官为道士，逃至扬州。他能诗，为王士祯所称重。清圣祖康熙三十八年（1699年）死。

‖ 题　解 ‖

朝天关，在四川广元市北朝天岭上，山高路险，关下为峡，岸各百丈，左右屹立，江流其中，为入蜀第一扼塞。今其地为朝天驿。

‖ 注　释 ‖

〔大江流汉水〕汉水源出陕西宁强县北嶓冢山。这句语出自然，不觉江、水的犯复。

〔孤艇接残春〕孤艇，孤舟。一二人所乘小舟叫艇。接残春，迎受暮春的景物。沈德潜《明诗别裁》说这两句是十字成句。都是不经意间写出来的。

〔过客〕行人。过音戈，与首句作去声读箇的不同。

〔风光惑榜人〕榜人，船夫。榜为舫的假借字。说风光很美，使船夫迷惑，以映衬上句过客的哀愁。

219

汉昭烈

吴骐

名儒卢郑久周旋，

正值黄星受命年。

龙种已移三统历，

蚕丛还辟半隅天。

金瓯付托耕莘佐，

玉几弥留顾命篇。

一代英雄生死际，

铜台遗令最堪怜。

‖ 作者简介 ‖

吴骐，字日千，华亭（今江苏松江）人。明诸生，入清不仕。生于明光宗泰昌元年（1620 年）。能诗词。死于清圣祖康熙三十四年（1695 年）。

‖ 题　解 ‖

刘备死后谥为昭烈皇帝。这是一首咏史诗。

‖ 注　释 ‖

〔**名儒卢郑久周旋**〕东汉卢植、郑玄从学于扶风马融，为当时名儒。刘备 15 岁时，从本地（涿郡涿县）卢植学。后率兵归徐州牧陶谦，陶谦对郑玄待以师友之礼，刘备也必与郑玄相接触。周旋，应接。

〔**正值黄星受命年**〕东汉桓帝时有黄星见于楚宋之分，辽东人殷馗善天文，说五十年后当有真人（指新皇帝）起于梁沛之间，到建安五年（200 年）曹操破袁绍，无敌于天下。曹操，沛国谯人。受命，受天命。就曹操的儿子曹丕即帝位说。这是封建帝王所伪造的即位根据。值，当。

〔**龙种已移三统历**〕《史记·高祖本纪》："其先刘媪尝息

221

大泽之陂，梦与神遇，……太公往视，则见蛟龙于其上，已而有身，遂产高祖。高祖为人，隆准而龙颜。"以后汉朝皇帝都算龙种，这当然是愚弄百姓的。西汉末年，刘歆考定律历，著《三统历谱》。按汉初用秦历，凡一百〇二年（前206年起），至武帝太初元年（前104年）始改正朔用太初历，是邓平、洛下闳等所造律历，实即刘歆所说三统历。又189年，东汉章帝元和二年（85年），改用四分历，实也因太初法而定。现在说三统历已移，就是说汉运告终。

〔**蚕丛还辟半隅天**〕蚕丛，古蜀王，见前李白《蜀道难》诗注。辟，开辟。用传说盘古开天辟地语。半隅天，犹言半壁河山。

〔**金瓯付托耕莘佐**〕金瓯，比喻国家巩固。瓯，音欧，盆盂。商朝贤相伊尹，曾耕于有莘氏之野。这里指刘备将国家交给诸葛亮去治理。

〔**玉几弥留顾命篇**〕几，凭几。几长五尺，广二尺，高一尺二寸。《周书·顾命》：周成王临终，叫康王命召公、毕公率诸侯辅相康王，史官叙其事作顾命篇（临终回顾而语）。文首说成王凭玉几发大命，命词自说他"病日臻（至），既弥留"，弥留是说病久留于身而不愈。这句说刘备死于白帝城，病临久终前嘱诸葛亮辅佐后主或自即位，既以国事为重而又豁达坦率。

〔**一代英雄生死际**〕刘备从前为吕布所败，归曹操，程昱劝曹操杀刘备，曹操说："方今收英雄时也，杀一人而失天下之心，不可。"曹操以刘备为豫州牧，助攻吕布，生擒之。刘备从曹操还许（今许昌），受献帝密诏诛曹操。曹操对刘备说："今天下英雄，惟使君（称刘备）与操耳。"生死际，指临终时，这句兼挽上下，将二人作一比较。

〔**铜台遗令最堪怜**〕据《邺都故事》，曹操遗命他的儿子说："吾死后葬于邺之西岗上，与西门豹祠相近，吾妾与伎人皆著铜雀台，台上施六尺床，下缔帐，朝晡上酒脯糒之属，每月朝十五，辄向帐前作伎，汝等时登台，望吾西陵墓田。"铜雀台在今河北临漳西南故邺城内西北隅。最堪怜，最可哀怜。沈德潜评语说："足令老瞒（曹操小字阿瞒）媿（愧）死。"

邺 中

陈恭尹

山河百战鼎终分，
叹息漳南日暮云。
乱世奸雄空复尔，
一家辞赋最怜君。
铜台未散吹笙伎，
石马先传出水文。
七十二坟秋草遍，
更无人表汉将军。

‖ 作者简介 ‖

陈恭尹，字元孝，广州顺德人。明思宗崇祯四年（1631 年）生。父邦彦南明末殉国时，恭尹年十余岁，后隐居不仕。自号罗浮布衣。能诗，与屈大均、梁佩兰称为岭南三家。清圣祖康熙三十九年（1700 年）死。

‖ 题　解 ‖

邺县，冀州治所。汉献帝建安九年（204 年），曹操大破袁绍幼子袁尚，攻拔邺县，自领冀州牧。至十五年，建铜雀台，十八年策命为魏公，在邺县建魏社稷宗庙，置尚书侍中六卿。二十五年病死，葬高陵，在邺县西岗上。邺中也称邺都。至曹丕即位繁阳（今临颍西北）后，才营建洛阳宫，迁都洛阳。这首是咏曹操的。

‖ 注　释 ‖

〔**鼎终分**〕终于鼎足三分。

〔**叹息漳南日暮云**〕古漳水由临漳东北流，清康熙年间才南徙，邺中本在漳水南，所以说漳南。日暮云，暗喻时世变化。

225

〔乱世奸雄空复尔〕许劭曾经说曹操是治世之能臣，乱世之奸雄。这句说乱世奸雄徒又如此，不得实现其一统心愿。

〔一家辞赋最怜君〕君称曹操，一家说曹操和他的儿子曹丕、曹植。辞赋为诗经风雅变体，即楚骚汉赋。三曹都能诗，曹丕、曹植兼作赋，而以曹操的乐府诗为最好，所以说最怜君。怜是爱惜，不同于上首"铜台遗令最堪怜"的哀怜，一者是褒，一者是贬。

〔铜台未散吹笙伎〕参上首《汉昭烈》诗注。说铜台伎人还在吹笙作乐，没有散去。

〔石马先传出水文〕《魏志·明帝纪》裴松之注引《魏氏春秋》：青龙三年张掖郡删丹县（今甘肃山丹）金山玄川溢涌，有石马七。其南有五字曰：上上三天王。又曰：述大金，大讨曹，金但取之。这些都是近于谶纬的。这句说司马氏将兴。

〔七十二坟秋草遍〕明朝陶宗仪《辍耕录》说：曹操筑疑冢七十二，在漳河上。恐不可信。秋草遍，秋草遍布。

〔更无人表汉将军〕建安元年（196年），汉献帝拜曹操为建德将军，迁镇东将军，都许后为大将军，让与袁绍后，拜司空，行车骑将军。这句说疑冢多了，再没有人来立碑表识。沈德潜《明诗别裁》对这诗的评语说："表扬才华，褫夺奸魄，最为定论。"

蜀　中

陈恭尹

子规啼罢客天涯，
蜀道如天古所嗟。
诸葛威灵存八阵，
汉朝终始在三巴。
通牛峡路连云栈，
如马瞿唐走浪花。
拟酹昔贤鱼水地，
海棠开遍野人家。

227

‖题　解‖

这里的蜀中犹如上首的邺中，上首说的邺都中，这里说的蜀国中，所以北道东峡都写到。

‖注　释‖

〔**子规啼罢客天涯**〕子规见前李白《蜀道难》诗注。王勃《杜少府之任蜀州》诗："天涯若比邻。"蜀地僻远，所以称为天涯。

〔**蜀道如天古所嗟**〕李白《蜀道难》说："蜀道之难难于上青天，侧身西望长咨嗟。"这句天字与上句天涯的天字重复。

〔**诸葛威灵存八阵**〕蜀有两八阵图，一在夔州（今奉节县），一在新都弥牟镇（今成都青白江）。威灵，神威。意思说八阵至今尚存，即诸葛神威犹在。

〔**汉朝终始在三巴**〕项羽封刘邦为汉中王，王巴蜀，这是始；蜀汉后主刘禅降魏，这是终。三巴见前杨基《长江万里图》诗注。

〔**通牛峡路连云栈**〕通牛路，指石牛道，也叫金牛道。在四川剑阁西北小剑山。有小石门，穿山通道长六丈余。

传说秦惠王伐蜀，做石牛五头，假说石牛便金，蜀王遣派五丁壮士迎石牛入蜀成道。连云栈在陕西褒城北。这里是泛指栈道。

〔**如马瞿唐走浪花**〕乐府《瞿唐谣》："滟滪大如马，瞿唐不可下。"

〔**拟酹昔贤鱼水地**〕刘备三顾诸葛亮，亮作隆中对，以后二人情好日密，关羽、张飞不高兴，刘备说："孤之有孔明（诸葛亮字），犹鱼之有水也。"这里说的鱼水地是指蜀中共同创业之地，不是说的南阳初见之处。酹，音累，用酒浇地祭神。昔贤，从前的贤人，称诸葛亮，这句在怀念诸葛。

〔**海棠开遍野人家**〕成都盛产海棠花，古代人家都种植。野人指平民。

题明妃出塞图

黄幼藻

天外边风扑面沙，
举头何处是中华？
早知身被丹青误，
但嫁巫山百姓家。

‖ 作者简介 ‖

黄幼藻，字汉荐，福建莆田人。苏州府通判黄议的女儿。学于方泰，年13岁，即工声律，通经史，所著有《柳絮编》。

‖ 题　解 ‖

见前杜甫《咏怀古迹五首》第三首注。这一作黄潜（字仲昭）诗。

‖ 注　释 ‖

〔天外边风扑面沙〕天外，言其辽远。边，边地，指胡地。风吹沙砾，扑面而来。

〔中华〕指汉朝。中，居四方之中，如称中原。华，文明的意思，如称华夏。

〔早知身被丹青误〕见前杜甫《咏怀古迹五首》第三首注。丹青，丹砂和青䵂，绘画所用的颜料，因称图画为丹青。

〔但嫁巫山百姓家〕但，只要。昭君生长秭归县，地近巫山。